IBIZA

Ook verschenen van Kiki van Dijk
bij Xander Uitgevers

Zeevlam (2014)

Voor Annette

Hoofdstuk 1

'Ik hou van je,' fluisterde Sam in haar oor. 'Nog tien minuten.'

Maggie voelde zijn tweedagenbaardje in haar nek kriebelen. Voordat ze weggingen, had ze nog gezeurd dat hij zich moest scheren, maar toen ze al die opgedirkte mensen om zich heen zag, was ze juist blij met zijn relaxte uiterlijk. Nu viel hij tenminste op tussen alle gladde Amsterdamse ondernemers.

'Je lijkt zenuwachtiger dan ik,' fluisterde Maggie terug en ze kneep in zijn knie. 'Je been trilt.'

Sam pakte het programma van zijn schoot en wees naar de gouden letters. 'Kijk, eerst komt die rapper met een song over Amsterdam en dan ben jij al aan de beurt.'

'Dan zijn *wij* aan de beurt,' verbeterde Maggie hem. 'Ik ben samen met drie anderen genomineerd, weet je nog? Maar een kwart kans dus dat ik win.'

'*Yeah I know*, maar ik weet ook dat...' Sams stem dreef weg op de eerste tonen van het orkest.

Maggie gaf haar man een kus en zonk dieper in de pluchen stoel. Ze had hem graag nog gezegd dat ze hem op dit soort momenten zo leuk vond. Zo enthousiast als een kind, struikelend over zijn Nederlands en wiebelend van spanning op zijn stoel. Maar een drumsolo vulde de zaal en maakte praten onmogelijk.

'*Bitches rule Amsterdam,*' gilde de man op het podium, alleen kon de act Maggie niet boeien. Ze pakte haar clutch en stiftte in het spiegeltje haar lippen bij. Precies de juiste kleur rood. De verkoopster in de Bijenkorf had gisteren nog wanhopig geklonken.

'Met uw rode haar is het onmogelijk om de geschikte lippenstift te vinden,' had het jonge meisje na tien pogingen geroepen. Maar uiteindelijk waren ze er toch samen uitgekomen. Nummer 104 van Chanel. Gelukkig paste die ook exact bij de galajurk die ze vanavond droeg.

Maggie wreef over de stof. Zo zacht en soepel. En zo mooi gemaakt door die ontwerper van Closed. Ze had hem uitgelegd dat ze vanavond niet te veel glamour moest uitstralen, dat dat niet paste bij haar bedrijfsfilosofie en hij had het meteen begrepen. De jurk van zachte wol van Texelse schapen met een Delfts blauwe print, zat haar als gegoten en straalde ook iets stoers, natuurlijks en Nederlands uit. Precies de look die Maggie voor ogen had gehad. En de schoenen van Jimmy Choo die hij had geadviseerd, pasten ook helemaal in het plaatje. Hoewel ze nu al wel begonnen te knellen.

Ze draaide rondjes met haar voeten. Vooral de gespen deden pijn aan haar enkels.

Een fel en kort applaus verbrak de rap en de lichten in de zaal gingen aan. Snel draaide Maggie zich om. Ergens op de tiende rij had ze stoelen voor haar familie kunnen regelen, maar ze had haar moeder en de tweeling nog niet gespot. Wel zag ze tussen de zevenhonderd gasten meteen haar werkfamilie zitten. Niet zo gek, de eenendertig felblauwe zwaaiende overhemden op de achterste rij kon ze onmogelijk missen.

Nog voordat ze kon terugzwaaien, werd de zaal alweer donker en schoof het gordijn open. Op het grote bioscoopdoek van de Pathé-bioscoop verschenen de vier foto's van de inmiddels bekende bedrijfslogo's. Die van Breakkies stond op de derde plaats.

'En de eerste genomineerde voor de Amsterdamse Ondernemersprijs 2015 is Sonny Beltman, van Blue Energy,' klonk een zwoele voice-over door de zaal. 'Beltman onderscheidt zich van andere ondernemers door zijn innovatieve visie op duurzaamheid.'

Het logo van een dolfijn werd uitvergroot en een YouTube-achtig filmpje werd gestart. Het bedrijfsgebouw aan het IJ verscheen en werknemers die op de fiets aankwamen, zwaaiden naar de camera. De te vrolijke muziek op de achtergrond gaf de video een kinderlijke sfeer.

Maggie stootte haar man zachtjes aan. 'Waar slaat dit op?'

'Hoezo?' vroeg Sam en hij klonk oprecht verbaasd.

'Nou, deze filmpjes. Ik wist hier niets van. Wie heeft die bedacht?'

Sam haalde zijn schouders op. 'Geen idee. De vakjury ongetwijfeld. Wat maakt het uit?'

Maggie schoot rechtop. 'Wat maakt het uit? Wat maakt het uit? Hoe kun je dat nou vragen? Zie je dan niet hoe slecht dit is?'

'Schat. *No worries*,' fluisterde Sam en hij legde zijn hand op haar blote schouder. Ze voelde de warmte van zijn huid. 'Laat het toch los lieverd, je kunt niet alles controleren.'

Sam klonk als een zalvende yogaleraar, maar hij had gelijk. Hoewel haar perfectionisme Breakkies groot had gemaakt, kon ze er soms ook in doorslaan. Ze moest niet altijd voor de tien gaan, soms was een acht ook goed genoeg.

'Misschien ben ik toch wat zenuwachtiger dan ik dacht,' zei ze en ze gaf een kus op zijn wang. 'Ik ben gewoon bang dat ze Breakkies niet goed in beeld brengen.'

'*I know dear.* Het komt goed. Laat gaan.'

Nu verscheen de korte bedrijfsgeschiedenis van de hotelketen NU op het scherm. Overenthousiaste hotelgasten werden geïnterviewd, beelden van strak gevouwen lakens en handdoekjes schoten voorbij en ook hier droop de onbenulligheid er weer van af.

Maggie slikte twee keer. Haar mond voelde droog en

het leek alsof haar tong tegen haar gehemelte plakte. Door de adrenaline ongetwijfeld, maar het kwam ook door die stomme filmpjes. Wat hadden die eikels over Breakkies in elkaar geflanst? Zou ze ook als een naieve ondernemer worden geportretteerd? Dan zouden ze haar levenswerk belachelijk maken, dat mochten ze niet doen. Ze kon zichzelf wel voor haar hoofd slaan. Ze had er dichter bovenop moeten zitten en moeten vragen hoe de ceremonie eruit zou gaan zien. Dit gebeurde nou altijd als anderen zich met haar bedrijf bemoeiden. Ze raakten nooit de juiste toon.

Geïrriteerd pakte ze haar mobiel en scrolde langs verschillende whatsappjes. Van 'toitoitoi' tot emoticons van opgeheven duimpjes. Een leuke foto ook van Jelle en Jop, gemaakt door haar moeder voor de ingang van de bioscoop. Bij een bericht van een onbekend nummer bleef haar blik hangen. 'Bid jij ook, net zo hard als ik, dat je de prijs niet gaat winnen?'

Dit was bizar. Wie stuurde er nou zoiets onaardigs?

'*Honey* kijk, jij bent,' riep Sam.

Op het filmdoek zag Maggie zichzelf meer dan levensgroot achter de bar staan. Haar rode krullen nonchalant opgestoken en vriendelijk lachend tegen een gast. Zachte loungemuziek op de achtergrond. In de hangmatten, op de luie banken en aan tafel zaten jonge, ontspannen mensen gezellig bij elkaar. Sommigen geconcentreerd achter hun laptop, anderen druk in gesprek.

‘Breakkies zet de toon in het Amsterdamse horecaland,’ galmde de zware voice-over de zaal rond. ‘De keten van ontbijtcafés is de place to be voor de zichzelf respecterende hipster. Onderneemster Maggie Smit maakt haar thema “Funky, social and fresh” elke dag meer dan waar. Alle ingrediënten zijn biologisch, het lokaal geproduceerde meubilair is te koop en de dag kun je beginnen met een massage of een meditatieles. Bovendien biedt Smit in samenwerking met de gemeente, asielzoekers de mogelijkheid om werkervaring op te doen.’

De wekpotten met gefermenteerd water kwamen in beeld en als laatste een close-up van de menukaart. *Breakkies Granola* met havervlokken, spelt, hazelnoten, pompoen- en sesamzaadjes, chiazaad, frambozen en kokosyoghurt werd groot getoond. Gelukkig, dat was ook haar eigen favoriete recept. Daarna vervaagde het beeld langzaam en verstomde de muziek.

‘Wow, dit was cool zeg,’ zei Sam en hij kneep haar even licht in haar arm.

Ze knikte. ‘Ja, wel heel erg lovend. Eigenlijk meer een reclamefilmpje. Hoewel, hipster klinkt wel suf.’

Pieter de Lange van de zorginstelling Samen-oud werd nu uitgelicht, maar Maggie kon haar aandacht er niet bij houden. Wat kon ze zich toch opwinden. En waarom? Uiteindelijk had alles tot nu toe juist heel goed uitgepakt. En gelukkig maar, want ze wilde echt graag winnen. Dat rare, anonieme appje klopte absoluut niet. Zeven jaar lang had ze zo hard gebikkeld. Midden in de crisis had ze woest aan de deur gerammeld bij tien verschillende banken. Zonder enig resultaat. Ze was wanhopig geweest en pas door een crowdfundingsactie van haar vrienden kreeg ze uiteindelijk genoeg startkapitaal bij elkaar. In een soort huiskamertje in Amsterdam-West was ze begonnen met zelfgeroosterde muesli en bananenpannenkoeken. Zes dagen per week, tien uur per dag. En nu waren er de zes Amsterdamse Breakkies, had ze plannen om uit te breiden naar Den Haag, Rotterdam, Utrecht en had ze zelfs al gesprekken gehad in Parijs, aan de Rue du Bac. Amsterdamse ondernemer van het jaar, ze had het serieus verdiend.

'En dan nu, het moment van 2015...' De voice-over verstomde en Peter Mol, de jonge presentator van AT5, wandelde in een tergend langzaam tempo het podium op, in zijn rechterhand een grote, gouden enveloppe.

Even keek Maggie de eerste rij langs. Sonny Beltman hield zijn handen voor zijn ogen maar de rest keek net zo wezenloos naar het podium als zij. De haren prikten in haar nek, ze had de neiging om op te staan en heel hard de zaal uit te rennen, maar ze bleef zitten, pakte Sams hand en kneep zo hard als ze kon.

'Ik ben nu al zo trots.' Hij streelde met zijn grote vingers, ruw geworden van jarenlang meubels zagen en schuren, teder haar hand. '*You are really special.*'

Ze glimlachte maar keek haar man niet aan. Ze staarde naar de elegante handen van Peter. Soepel scheurde hij de enveloppe open en haalde de kaart eruit.

'De prijs voor de beste Amsterdamse ondernemer 2015...' Peter zweeg en keek ondeugend de zaal in. 'Gaat naar...'

Hij was opnieuw stil en wapperde met de kaart. Maggie kneep nog harder in Sams hand. Ze ging het niet worden, ze voelde het. Sonny zou het winnen, of misschien zelfs die zak van een Pieter. Ze ging het niet redden.

'Gaat naar díe persoon die elke dag gericht is op vernieuwing en groei,' riep Peter nu ineens snel, 'maar daarbij het menselijke aspect nooit uit het oog verliest. Van harte gefeliciteerd... Maggie Louise Smit.'

Hoofdstuk 2

De man floot op zijn vingers en vanachter een rotspartij schoot Max tevoorschijn. Hoewel zijn hond de respectabele leeftijd van tien jaar had bereikt, rende hij nog steeds als een jong dier over het terrein. De zwarte, glimmende vacht stak vanavond mooi af tegen het zilverkleurige maanlicht.

'Hee makker,' zei hij en hij graaide in de nek van zijn labrador. 'Waar zat je nou? Weer een poging gedaan om een hagedis te vangen? Geef het toch op, het gaat je nooit lukken.'

De hond negeerde het advies van zijn baas en bleef met zijn neus aan de grond geplakt doorsnuiven. Samen liepen ze langs de sinaasappelbomen terug naar huis.

Zo stil als het vanavond was, was het de laatste zomermaanden niet vaak geweest. Geen zuchtje wind, weinig actieve krekels en zelfs de kleine grasmus liet niets van zich horen. Het was dan ook ongekend warm. De hitte had de natuur vandaag echt stukgeslagen. Het zou zeker een nacht duren voordat alles weer was hersteld.

Hij zuchtte diep en haalde met veel kracht de zwoele avondlucht naar binnen. Onbegrijpelijk dat hij vroeger zo los van de natuur leefde. Dat hij zich toen alleen maar thuis voelde tussen huizen, auto's en straten. Hij voelde ineens een diep medelijden met iedereen die zich nog in die nepwereld bevond.

Hoofdstuk 3

'En...? Wat is nou het ultieme doel van Breakkies?' vroeg de journalist van AT5 en hij duwde de microfoon bijna tegen haar mond. In een reflex deed Maggie een stap naar achter.

'Een vakantiegevoel creëren in onze Urban Jungle,' zei ze, de zin herhalend die ze vanavond al tientallen keren had opgezegd. Het licht op de camera scheen recht in haar gezicht en ze had de neiging haar ogen te sluiten, maar ze bleef zo ontspannen mogelijk lachen. 'Echt tot rust komen in een humane omgeving.'

De jonge journalist reageerde niet maar tuurde op zijn papiertje. Zijn uiterlijk van een ervaren journalist klopte, versleten spijkerbroek, ongestreken overhemd en verveeld hangend in zijn heup, maar zijn gedrag verraadde dat hij waarschijnlijk een stagiaire was.

'Wil je nog iets weten?' vroeg ze en ze hoorde de irritatie in haar stem. Mensen die zich slecht voorbereiden op hun taak, kon ze niet uitstaan.

'Uhm, ja,' zei de jongen en hij keek haar nu wel aan.

'Waar heeft u het idee van een ontbijtrestaurant vandaan? Breakkies is toch in Schotland *slang* voor ontbijt?'

Maggie zuchtte diep.

'In Australië wel ja,' verbeterde ze het te nonchalante joch. '*Downunder* zeggen ze vaak *breakkies* in plaats van *breakfast*. Vooral mensen in steden als Sydney en Perth spreken in een café af voordat ze naar hun werk gaan. Gezellig samen ontbijten met vrienden. Dat viel mij tien jaar geleden op tijdens een reis die ik...'

De jongen haalde de microfoon voor haar neus weg, seinde de cameraman het licht te doven en stak zijn hand uit. 'Sorry mevrouw, we moeten door. Over tien minuten is de uitzending. Dank u wel.'

Nog voordat Maggie het gozertje kon naroepen hoe slecht hij zijn werk deed, was de AT5-ploeg verdwenen en stond ze ineens in haar eentje op haar eigen feest. De gasten praatten in groepjes met elkaar, hangend aan statafels of aan de bar in de foyer. Veel onbekende gezichten vooral, alleen in de hoek zag ze wat collega's staan.

Ze had Sam en de jongens al een tijdje niet gezien. Ze ging op haar tenen staan om over de massa mensen heen te kijken, maar zag nergens de wilde haren van haar man bovenuit steken. Haar mobiel trilde in haar tasje en ze checkte de berichten op haar telefoon. Vijftien nieuwe appjes. Wonderlijk hoe snel het goede nieuws zich had verspreid. Felicitaties van vriendinnen, leveranciers en concurrenten. Soms niet meer dan 'gflctrd', de meesten vertelden dat ze niet anders hadden verwacht.

Opnieuw zag ze een bericht van het onbekende nummer. Even twijfelde ze of ze het zou openen, maar haar nieuwsgierigheid won het van haar intuïtie. 'En...? Heb je de prijs geweigerd? Heb je uitgelegd dat jij geen recht hebt op de award? Geen enkel recht!!'

In een reflex deletete ze het bericht, maar ze wiste daarmee niet de nare smaak in haar mond. Wie was dit? Wie misgunde haar nou dit succes?

Ineens bracht een duw in haar rug haar uit balans en bijna viel ze voorover. Nog net op tijd kon ze een tafelrand vastgrijpen.

Boos draaide ze zich om. 'Wie is nou zo...'

'Hi mam,' zei Jop. Hij keek haar ondeugend aan en sloeg zijn armen om haar middel. 'Liet ik je even lekker schrikken hè.'

'Ja, heel lekker hoor,' zei ze nu lachend. Ze voelde de spanning uit haar schouders zakken en kriebelde met haar handen door zijn haar. 'Waar is de rest?'

'Oma Lotje en Jelle zitten op de rode bank te wachten,' zei Jop snel en hij hopte van zijn ene been op zijn andere.

'Op wie?'

'Op jou, natuurlijk.'

'Oh oké. En waar is papa dan?'

Jop pakte haar hand en wilde haar meetrekken. 'Die vroeg dus of ik jou wilde halen.'

'Oh *dus*...' zei Maggie en ze liep achter haar zoon

aan. Zijn overhemdje hing uit zijn broek en de veters van zijn nieuwe Nikes waren los. Typisch zijn vader, zo nonchalant met zijn uiterlijk. Jelle leek meer op haar, heel geordend en goed georganiseerd, zelfs zijn lego lag op kleur. Haar gezin zou een onderzoeksobject kunnen zijn in het nurture-naturedebat. Wat was aangeboren en wat aangeleerd gedrag?

'Kijk, daar zijn ze,' riep Jop en hij zwaaide naar een hoek van de foyer.

Maggie zag haar moeder al zitten. Haar nieuwe, korenblauwe jurk stak scherp af bij het rood van de bank. Met haar strak opgestoken haar was ze nog steeds elegant, maar sinds de dood van haar man was de energie uit haar gezicht verdwenen. Al zeven jaar leek haar moeder op de automatische piloot te leven en verstopte ze haar verdriet achter een vriendelijk lachend masker. Alleen de lijnen in haar gezicht verraadden hoe moeilijk ze het had. Het verbaasde Maggie nog steeds, want het huwelijk van haar ouders was op zijn zachtst gezegd ingewikkeld geweest.

Achter de bank stonden Jelle en Sam met veel gebaren te praten. Jelle was net zo aan het wiebelen als zijn broer. Hoe verschillend ze ook waren, fysiek waren ze zonder enige twijfel een tweeling.

'Hee lieve boef van mij,' zei ze en ze gaf Jelle een knuffel. Daarna leunde ze naar haar moeder voor een kus en streelde Sam even over zijn arm. 'Hebben jullie allemaal een leuke avond?'

'Jaha,' riep Jop en hij pakte de hand van Jelle. En alsof ze op een trampoline stonden, begonnen ze samen wild op en neer te springen. 'En nu wordt het nog leuker. Toch pap?'

'*Maybe*,' zei Sam en hij trok zijn rechterwenkbrauw omhoog. Een stoute, bijna kwajongensachtige blik die meestal betekende dat hij iets had gedaan waarvan hij niet zeker wist of ze het wel leuk zou vinden.

Ze schudde haar hoofd. 'Wat zijn jullie hyper. Te veel cola gedronken?'

'Maham, doe normaal,' zei Jelle en hij rolde met zijn ogen. 'Luister nou even naar pap.'

Ze draaide zich naar haar man toe. 'Wat? Heb je weer een raar plannetje bedacht?'

'Ga jij nu maar eerst even lekker zitten,' zei Sam en hij wees naar de bank.

Voorzichtig, om te voorkomen dat haar jurk van haar ene schouder schoof, ging ze naast haar moeder zitten en sloeg een arm om haar heen. 'Oké, brand los.'

'We zitten er helemaal klaar voor,' beaamde haar moeder en ze streek zo onopvallend mogelijk een plooi uit Maggies jurk.

'Nou, om te beginnen zijn we dus allemaal heel trots,' zei Sam.

De jongens knikten driftig met hem mee. 'Ja, heel trots.'

'En vinden we allemaal dat je te hard hebt gewerkt,' vervolgde Sam.

'Ja, echt veel te hard,' zei de tweeling weer in koor.

Maggie schoot in de lach. 'Gaat deze duopresentatie nog lang duren?'

'En we vinden allemaal dat je rust moet nemen. *You have to relax*,' ging Sam onverstoorbaar verder. 'Je moet genieten van je succes. Even beseffen wat je hebt bereikt. Om je op te laden voor de uitbreidingen, straks in de herfst. En om in alle rust misschien weer wat recepten te kunnen bedenken. Om weer…'

'Pap, zeg nou,' onderbrak Jelle en hij trok zijn vader ongedurig aan zijn arm. 'Anders doen wij het.'

Sam stak zijn handen overdreven hoog in de lucht. 'Kan een brave Schot niet eens rustig een verhaal vertellen?'

'Nee,' antwoordde Jelle resoluut.

Maggie klakte met haar tong. 'Dit gaat lekker zo.'

'Oké, dan nu de korte versie,' zei Sam en hij ging wijdbeens staan, alsof hij kracht nodig had om het te vertellen. 'Wij sturen je een week met vakantie.'

'Vakantie? Een week?' Dit had Maggie niet zien aankomen. 'Jullie gaan toch wel mee?'

Nu schudde iedereen tegelijk zijn hoofd.

'Nee schat,' zei Sam. 'Je gaat lekker alleen. Op een yoga *retreat*.'

Maggie liet haar schouders zakken. 'Een yoga *retreat*? Ik heb nog nooit geyogaad.'

'Daarom juist,' zei haar moeder en ze keek haar dochter recht aan. 'Het wordt de hoogste tijd dat je eens je eigen filosofie in de praktijk gaat brengen. 'Echt tot rust komen in een fijne omgeving.'

Maggie keek haar familie stuk voor stuk aan. Ze wilde helemaal niet weg. Ze vond de besprekingen met leveranciers, het verzorgen van de gasten en het aansturen van de bediening veel te leuk. Ook het bewust bezig zijn met haar lichaam, wat haar moeder zo nuttig leek, sprak haar totaal niet aan. Maar het alleen zijn, klonk wel aantrekkelijk. Even geen moeder, werkgever of vrouw van iemand zijn. Gewoon weer een week Maggie Smit die het fijn vond om een boek te lezen, vroeg op te staan, baantjes te zwemmen en heel lang te lunchen.

'Wat een heerlijk idee,' zei ze uiteindelijk en ze stond op om haar gezin te omhelzen. 'Wat lief dat jullie dat voor mij hebben bedacht.'

Sam gebaarde dat Lotje er ook bij moest komen staan. 'Kom even bij de *family hug*.'

Zeker een minuut lang stonden ze zo met zijn vijven gearmd dicht tegen elkaar aan. De geluiden van het feest om hen heen verdwenen naar de achtergrond. Maggie voelde de warmte van haar gezin door haar dunne jurk.

'Dank je wel,' fluisterde ze in Sams oor.

Jelle en Jop waren de eersten die loslieten.

'Mam, nu weet je nog niet waar je naartoe gaat,' riep Jop en hij begon van enthousiasme weer op en neer te springen.

'En wanneer je gaat,' vulde Jelle Jop aan. Jelle was niet meer dan twee minuten later geboren maar tot de dag van vandaag was hij met alles net iets later dan zijn broer.

Maggie sloeg haar armen over elkaar. 'Nou, vertel dan.'

'We brengen je weg om...' begon Jop maar hij keek daarna vragend naar zijn vader. 'Pap, hoe laat gaan we ook weer?'

'Morgenochtend om zeven uur rijden we naar Schiphol.'

'Hè? Morgen al? Dat kan echt niet! Ik heb morgen een afspraak met Francien, we gaan...'

'De inrichting van de bar in Utrecht bespreken,' vulde Sam aan. 'Ja, schat, dat weet ik en no worries, dat ga ik doen. Ik moet het ding uiteindelijk toch zelf gaan maken. *Trust me*.'

Maggie keek Sam recht aan. Haar eerste impuls was te roepen dat het daar juist om ging. Dat ze hem juist niet vertrouwde. Dat hij niet hetzelfde oog voor detail had als zij. Dat hij zaken als levertijden of financiën nooit goed voor elkaar had. Dat zij daarom hun zakelijk brein was en hij voor de inrichting zorgde en meubels zaagde. Dat zij daarom de gesprekken met de financiers voerde en hij met zijn vrienden ging fietsen. Maar ze wist ook dat als ze dit zou uitspreken hun huwelijk meteen dood was verklaard. Elke relatie kende geheimen, onuitgesproken frustraties en onzichtbare grenzen die je nooit mocht benoemen. En ze had inmiddels geleerd goed met die geheimen om te gaan.

'Oké, waarom ook niet. Ik ga! En hebben jullie dan ook al mijn koffer gepakt?'

'Ja, schuldig,' zei haar moeder en ze stak haar wijsvinger in de lucht, 'en ik heb echt alles heel netjes opgevouwen. Ik beloof je; geen kreukel te vinden.'

'Wat erg, jullie kennen mij te goed,' reageerde Maggie quasiwanhopig. 'Weten jullie dan ook waar ik heen zou willen?'

'Of course,' zei Sam en hij streek over de stoppels op zijn kin. 'De plek waar je ooit over zei dat je er een zomerlang heel gelukkig bent geweest. Waar je in 1998 stage liep en...'

Nu kon de tweeling niet meer wachten. 'Mam, je gaat naar Ibiza!'

Een rilling schoot langs haar ruggengraat. Dit kon niet waar zijn. Waarom nou net dat fucking eiland? Ze wilde heel hard 'Nee' schreeuwen, simpelweg weigeren om te gaan en morgen gewoon lekker om acht uur weer aan het werk. Ze kon er onder geen beding heen, maar ze wist tegelijkertijd dat ze de vier verwachtingsvolle gezichten niet kon teleurstellen.

'Oh wat heerlijk lieverds,' zei ze zo opgewekt mogelijk en ze hoopte maar dat Sam haar terughoudendheid niet opmerkte. 'Ik kan niet wachten.'

Hoofdstuk 4

Maggie pakte haar koffer van de band, haalde haar strooien hoed eruit en liep de aankomsthal in. Een lange, overzichtelijke ruimte met een keurige rij reisbureaus en een hip café. Helemaal niets deed haar denken aan het vervallen gebouwtje van zeventien jaar geleden. Toen kwam ze aan met een koffer vol nette kleren en was ze supergemotiveerd om de serieuze stage bij het Palladium Hotel in Santa Eulària goed te doorlopen, maar verdween ze volledig in de partyscene. Nu ging ze het anders doen. In haar koffer zat tien kilo aan boeken, een bikini, een yogabroek en twee kaftans, meer niet.

'Rust,' was het mantra van deze week.

'Rode Fiat 500, 56GGNN op parkeerplaats tussen nummers 31-39. Portier open, sleutel onder de bijrijdersmat,' las ze het sms'je van het verhuurbedrijf opnieuw. Onvoorstelbaar, elke zomer bezochten vijf miljoen toeristen het eiland en dan overheerste toch nog steeds deze onschuldigheid. Ze kon zonder een handtekening op een of ander contract te zetten, gewoon met de auto wegrijden. Het voelde echt bijzonder dat er nog iets van de goedgelovige hippiementaliteit op het mondaine eiland te vinden was.

'Veilig aangekomen. Alles goed. Nu op weg naar Floor,' tikte ze een sms naar Sam.

Verder gelukkig geen berichten. Ze had vanochtend op Schiphol de anonieme verzender geblokkeerd. Hij had nog zeker vier nare appjes gestuurd en bij zijn laatste bericht sloeg hij echt door. 'Als je de prijs niet teruggeeft, weet ik je te vinden.'

Ongetwijfeld een gefrustreerde concurrent. Ze kreeg wel vaker mails van mensen die haar het succes misgunden en claimden dat zij hun klanten had gestolen of hun recept had nagemaakt. De Amsterdamse horeca was een grote maffiabende en de eigenaren gunden elkaar het licht in de ogen niet. Maar Maggie had zich er nooit iets van aangetrokken en dat ging nu ook niet gebeuren. Ze had de berichtjes niet aan Sam laten lezen. Hij begreep niets van de Amsterdamse haat en nijd en zou zich alleen maar onnodig zorgen maken.

Maggie liep door de schuifdeuren naar buiten en zette meteen haar zonnebril op. De felle middagzon scheen door de palmbladeren en de warmte streelde haar huid. Vanochtend vloog ze in de stromende regen met dertien graden weg en nu, twee uur later, liep ze in de verzengende hitte. Wat was de zon, die zich meteen als een warme deken om haar lichaam nestelde, toch heerlijk. Waarom had ze dit niet veel eerder gedaan?

Maggie bleef even staan en snoof de zoete geur van jasmijn op. Het antwoord wist ze natuurlijk wel, maar ze besloot ter plekke er de rest van de week niet nog een keer aan te denken. Net als alle andere herinneringen van zeventien jaar geleden, moest de reden voor haar lange afwezigheid diep achter in haar geheugen begraven blijven. Daar zat het al jarenlang prima verstopt. Deze dagen waren haar relaxdagen en die moest ze niet laten besmeuren door het verleden. Ze zei het bijna hardop, om het zelf ook te geloven.

Maggie knoopte haar vest open en liep langs een verloren kijkend Japans echtpaar rustig naar de parkeerplaats. Het geratel van haar rolkoffer ging op in de vertrouwde geluiden van een typische vakantiebestemming. Taxi's die toeterend om aandacht vroegen, opgewonden Spaanse jongens die flyerden voor een '*amazing* party' in de Amnesia en zenuwachtige stemmen van toeristen die hun touroperator niet konden vinden. Amsterdam verdween al steeds verder naar de achtergrond, constateerde Maggie tevreden. Ze wachtte tot een stinkende bus voorbij pufte en stak snel de lege straat over. Ineens draaide een lichtblauwe jeep de hoek om en reed met een noodvaart recht op haar af. In een reflex sprong ze de stoep op en liet haar koffer op straat achter. Met piepende remmen kwam de auto tegen haar koffer tot stilstand.

'What the fuck,' gilde Maggie naar de geblindeerde ramen en ze trok de koffer dichter naar zich toe. Op het eerste gezicht zag ze geen beschadigingen maar ze tikte wel met haar vinger tegen haar voorhoofd. *'You stupid fool.'*

De deur aan de bijrijderskant vloog open en een kleine vrouw in een wapperende oranje jurk en op slippers, sprong de auto uit. Met verende passen rende ze op Maggie af, een blonde vlecht dansend op haar rug.

'Maggie, *darling*,' riep de vrouw.

En nog voordat de oranje jurk haar zonnebril had afgedaan, herkende Maggie haar vriendin. 'Floor!'

'Ja, schat,' zei Floor en ze krulde haar dunne, bruine armen in een innige omhelzing om haar heen. *'That's me.'*

'Wat lief dat je mij toch komt ophalen.'

'Ach engel, ik laat je toch niet in de kou staan. Misschien hoopte je op een gladde *beachboy*. Begrijp ik, maar helaas, je moet het met mij doen. Deze verlepte oude hippie had zo'n zin je te zien. Ik kon niet wachten,' ratelde Floor door en ze praatte in dezelfde snelheid met haar armen mee. Qua uiterlijk leek ze nog Hollands, maar haar gebaren waren na al die jaren op het eiland volledig verspaanst.

'Lieverd,' zei Maggie en ze gaf Floor drie zoenen, 'wat is het fijn je te zien.'

Floor pakte Maggie bij haar schouders en bekeek haar van een afstandje. 'Jeetje Mag, jij bent helemaal niets veranderd. Nog net zo'n lekker wijf, oh en die mooie rode haren van je, ik herkende…'

Een luide claxon onderbrak haar verhaal. Uit het raam van de jeep hing nu een lachend bruin hoofd met spierwitte woeste haren. *Señoritas, any plans?*'

'Solo,' riep Maggie en zonder een moment van twijfel rende ze naar de jeep. Haar oude vriend had ze meteen herkend. Zijn haar was zeker twee tinten witter geworden, maar de levensvreugde spatte nog steeds van zijn knappe gezicht af. 'Jezus man, jij ook hier. Hoe is het? Wonen jullie nog in Sant Joan? Ik hoorde dat je nog af en toe in de Amnesia draait en…'

Het getoeter ging over in gierende sirenes van tientallen auto's en Maggie zag dat achter de jeep een ongeduldige file was ontstaan. Ze gaf Solo een kus op zijn mond. 'Zie ik je later?'

'Ah *muchacha*, natuurlijk tot later,' riep Solo en zwaaiend trok hij op. Nog voordat hij de hoek omdraaide, brulde er al een diepe housebeat uit zijn auto.

Maggie liep lachend terug naar Floor die naast haar koffer stond te wachten.

'Wat heerlijk jullie allemaal weer te zien. Echt fantastisch,' zei Maggie toen ze dichterbij kwam en ze sloeg een arm om Floor heen. 'Ik had eerder moeten komen. Ik heb jullie echt gemist. Die Solo, ook geen spat veranderd zeg. Net zo mooi als vroeger. En jij lijkt ook nog precies dezelfde. Geen rimpel erbij.'

'Allemaal schijn,' verzekerde Floor en ze streek over

haar voorhoofd. 'Dankzij de spuit van dokter Carlos.'

Maggie kneep in haar eigen wangen. 'Nou dokter Schoonhoven kan er ook wat van. Vorige week nog bijgevuld.'

'Echt waar?' vroeg Floor. 'Heb je je laten restaureren? Ik maakte een grapje hoor.'

Maggie kon zich wel voor haar hoofd slaan. Natuurlijk liet Floor zich niet verbouwen.

Zij was een yogi. Die lieten alle aardse behoeftes los. Die maakten zich niet meer druk om de buitenkant. Maar Floor had makkelijk praten. Zij zag er nog zo mooi en ontspannen uit. Bij haarzelf had de dagelijkse stress diepe rimpels in haar gezicht geslagen.

'Ik ook,' loog Maggie en ze gaf Floor een arm. 'Kom, we gaan mijn rode racemonster maar eens zoeken.'

Gearmd liepen ze naar de parkeerplaats, waar de Fiat 500 in het zonlicht stond te glimmen. Precies het model dat Maggie vanochtend nog vlug had gereserveerd. Sam was dat natuurlijk vergeten te doen. Gelukkig had hij de afgelopen weken wel uitgebreid met Floor contact gehad. In zijn eentje was het organiseren van deze verrassing hem zeker niet gelukt.

'Doet die je ergens aan denken?' vroeg Maggie toen ze naar het autootje wees.

'Nee, geen idee.'

'Weet je het niet meer? Onze Rode Duivel?'

Floor keek haar eerst nog vragend aan, maar ineens keerde de herinnering zichtbaar terug. Haar gezicht brak open in een brede glimlach. 'Ja, natuurlijk, die oude eend die wij hadden gekocht. Nu weet ik het weer. Daar hebben we zelfs nog een strandrace mee gehouden. Die nacht op Benirrás.'

Maggie knikte. 'Precies. Bij een van de eerste full moonparty's.'

'Gaan we met dit karretje ook weer doen,' zei Floor beslist en ze stapte achter het stuur, duidelijk gewend dat huurauto's niet op slot waren. 'Kom, ik rij, dan kun jij lekker rustig om je heen kijken.'

Floor schoof het dak open, deed de radio aan en behendig draaide ze langs de zoekende toeristen de straat op. 'Op naar het Hoge Noorden.'

'Ik ben zo benieuwd naar je huis. Bij Sant Joan toch?'

'Yep, om de hoek bij café Pipin. Weet je nog met die excentrieke familie?'

'Ja, met Marcus, die dikke oude man en zijn eeuwige sigaar. Is hij nog de baas?'

Floor schudde haar hoofd. 'Nee, zijn dochter heeft het overgenomen.'

'Dat bozige meisje met die rommelige paardenstaart?'

Floor schoot in de lach. 'Sara ja. Ongelofelijk, jij hebt een ijzeren geheugen zeg.'

'Dat is niet altijd een zegen hoor,' zei Maggie en ze draaide haar raam naar beneden. Meteen wapperden haar haren in haar gezicht en waaide haar hoed bijna af. Net op tijd kreeg ze hem te pakken. 'Oh, wat heerlijk. Dit voelt zo vrij. Geen agenda. Niets moeten. Alleen maar leuke dingen doen.'

Floor pakte haar linkerhand en stak hun beide armen het dak uit. *'Ibiza here we come.'*

Maggie gooide ook haar rechterarm het raampje uit, maar een scooter reed gevaarlijk dichtbij. Snel trok ze haar arm terug en ze wilde Floor op de scooter wijzen maar ze bedacht zich net op tijd dat dit Spanje was. Haar vriendin was natuurlijk allang gewend aan die kamikazepiloten op racemonsters.

De man op de scooter reed zo dichtbij dat ze zijn krullen bijna kon aanraken. Maggie bestudeerde zijn kaarsrechte postuur. Hij was opvallend lang voor een Spanjaard en nogal breedgeschouderd. Zijn grijze poloshirt wapperde open in de wind en ze kon zijn bruine borst zien. Gek genoeg had deze volkomen onbekende man ook iets vertrouwds. En plotseling kneep haar buik samen. Ze voelde het bloed naar haar wangen stijgen. Fuck, Frank. Nee, dit was te toevallig. Ze kon hem niet nu al tegenkomen.

'Gas,' riep Maggie. 'Nu. Sneller.'

En Floor, onwetend van de angst van haar vriendin, trok zonder te aarzelen meteen hard op.

'Yeah,' schreeuwde Floor enthousiast en ze draaide de radio harder. *'Let's have some fun.'*

De Fiat schoot de A8 op en in de achteruitkijkspiegel zag Maggie de scooter snel uit beeld verdwijnen. De man bleef rustig op de rechterbaan rijden en deed geen poging om een achtervolging in te zetten. Maggie zakte terug in haar stoel, slikte de droogte in haar keel weg en de spanning gleed langzaam uit haar lichaam. Waarom schrok ze nou toch ineens? Ze leek wel paranoïde. Deze vent kon onmogelijk Frank zijn geweest. De scooterrijder had geen litteken op zijn linkerwang. En al was het zeventien jaar geleden, dat diepe litteken was bij Frank echt niet ineens verdwenen. Ze moest niet zo gespannen zijn en de angst om hem tegen te komen echt loslaten. Ibiza was klein maar ook weer niet zo klein. De kans dat ze deze week oog in oog met Frank zou komen te staan was minimaal, verzekerde ze zichzelf.

Ze draaide de radio nog een tandje harder en zong met Floor en Pharrell Williams mee. *'I'm up all night to get lucky.'*

Hoofdstuk 5

Voorovergebogen knipte Frank de wildgroei aan de onderkant van de palm weg en hij gooide de bladeren in een rieten mand. Met zijn brede handen, vol sproeten van het jarenlang onder de brandende zon werken, groef hij twee gaten rond de stam en legde de tuinslang erin. Langzaam vulde het water de gaten op en sijpelde verder over de oranje aarde. Hij volgde met zijn stok het riviertje dat langzaam langs zijn voeten ontstond. Het water kleurde de grond steeds dieper rood. Met zijn schoenen, onder het stof van de lange werkdag, verspreidde hij het water langs de andere palmen. Vooral de slaphangende koningspalmen baarden hem zorgen, het was de hele zomer zelfs voor die boomsoort veel te droog geweest.

Hij pakte de volle mand op, floot naar Max en nam het lichthellende pad terug naar zijn huis. De stok prikte hij geroutineerd stevig in de grond ter ondersteuning. De bijen naast hem vormden een zoemende wolk boven de lavendelstruiken die nu geurloos leken.

Als het nou maar zou gaan regenen, dan zou de natuur uit haar zomerslaap kunnen ontwaken. Al was het maar net genoeg om het stof op de grond te laten neerdalen, dan zouden alle zoete luchten weer terugkomen in de tuinen waarin hij werkte.

Hij hield zo van de herfst op Ibiza, die eigenlijk een kleine lente betekende. Door de komst van de regen kwamen kruiden als salie en rozemarijn weer omhoog en begonnen de geurende rozen aan hun tweede bloeiperiode. Nu was het al bijna eind september en nog steeds was er geen druppel gevallen. Het maakte hem onrustig, dit moest niet te lang gaan duren.

Boven aangekomen draaide hij zich om en keek uit over het stuk land dat hij vijftien jaar geleden had gewonnen bij een stom spelletje poker. Toen had hij niet kunnen bedenken wat hij met die uitgedroogde hectare op het midden van het eiland aan moest. Pas nadat hij ontdekte dat hij vanaf de heuvel tot aan de westkust kon kijken, liet hij er een kleine haciënda bouwen. Nu kon hij zich niet meer voorstellen dat hij ooit ergens anders een thuis had gehad. Door het strijklicht van de ondergaande zon leken de sinaasappels en citroenen in het groene bladerdak net kleine lampionnen en de blauwpaarse bloemen van de bougainville vormden een stemmige achtergrond.

Frank volgde Max naar de schuur en liet de mand daar staan zodat Javier het morgen verder kon opruimen en liep met zijn slepende been langs de rij olijfbomen naar het zwembad. In een snelle beweging trok hij zijn T-shirt uit en dook het water in. Dit was zijn favoriete moment van de dag, bezweet en moe van het werk bijkomen in de koele geborgenheid van zijn eigen zwembad. In een rustig tempo begon hij aan zijn vaste routine van vijftig baantjes crawl. Het enige moment van de dag dat zijn rechterbeen geen pijn deed.

Nog voordat hij klaar was, zag hij Maria al met het dienblad aankomen. Max volgde haar op een halve meter afstand, hopend op kruimels die voor hem achterbleven. Zijn biertje en schaaltjes met tapas zette Maria naast het ligbed en ze spreidde de handdoek voor hem uit.

Al vijf jaar lang was zij zes dagen per week zijn steun en toeverlaat. Zonder haar ooit iets te hoeven vragen, wist zij precies wat ze moest doen. Het startte met het schoonmaken van zijn huis, toen begon ze voor hem te koken en al snel deed ze ook de administratie van zijn snelgroeiende bedrijf erbij en onderhandelde ze met leveranciers en werknemers. Ze was rond, klein, al lang weduwe, sprak nauwelijks een woord en had een ondefinieerbare leeftijd. Hij had nooit durven vragen hoe oud ze eigenlijk was, maar omdat haar kinderen al in Barcelona studeerden, moest ze ouder zijn dan veertig. En gezien haar onuitputtelijke energie had ze vast nog niet de zestig bereikt. Daartussenin zweefde ze ergens in de tijd.

In het begin had hij nog geprobeerd haar te overtuigen dat zij hem niet hoefde te bedienen, maar het was hem al snel duidelijk geworden dat hij Maria niets kon wijsmaken. Ze was zo koppig als de continu balkende ezel van de buren. De laatste tijd liet hij haar gewoon begaan, alleen stuurde hij haar wel altijd om zes uur naar huis. Dan was het echt genoeg geweest.

'Dank je Maria.' Hij liep het zwembad uit en sloeg de handdoek om. Max likte het water van zijn kuiten. 'Dat ziet er weer heerlijk uit.'

Maria mompelde het vertrouwde 'dank u wel' maar bleef tegen de gewoonte in naast het ligbed staan. Ze keek hem zwijgend aan.

'Dank je wel,' herhaalde hij en hij nam nog een slok van zijn bier. 'Ga maar lekker naar huis. Heb je een fijne avond voor de boeg?'

'U gaat toch nog weg vanavond?' vroeg ze, zonder hem antwoord te geven.

Haar directe vraag verraste hem. Ze toonde nooit interesse in zijn agenda en bemoeide zich niet met zijn privéafspraken.

'Ik moet nog even naar Sant Carles. Die Zwitserse klant heeft Javier gebeld. De sproeiers moeten opnieuw ingesteld worden,' zei hij zo vaag mogelijk. Het was niet de bedoeling dat ze nu ineens nieuwsgierig ging worden.

'In het donker nog?' vroeg ze en ze schudde zo hard met haar hoofd dat een deel van haar knotje losschoot. Ze leek het niet op te merken. 'Dat is niet goed. U moet niet gaan.'

Hij pakte een bakje van de tafel en stak een stuk worst in zijn mond. 'Hmm lekker hoor. Is dit van Micha in Santa Eulària, die slager achter het witte kapelletje?'

Maria liet zich niet van de wijs brengen en herhaalde: 'Señor Blanco, het is niet goed. U mag niet gaan.'

'Hoezo "het is niet goed"? Wat is niet goed?' zei Frank geïrriteerder dan hij wilde. 'Ik heb 's avonds ook nog een leven hoor.'

Maria's mond verstarde en ze kneep zo hard in haar handen dat haar knokkels wit werden. 'Het is gevaarlijk. U moet niet gaan. Niet naar het noorden.'

Hij schoot in de lach en verslikte zich bijna in de ham.

'Maria, kom op zeg. Niet over geesten en spoken beginnen,' zei hij kuchend.

Ze drukte het dienblad tegen zich aan alsof ze zich tegen iets wilde beschermen. 'Als u vanavond gaat, krijgt u problemen.'

'Zeker omdat het bijna volle maan is,' zei hij nog nalachend en hij wees naar de donker wordende hemel. De Noordster was al in beeld maar van de maan was geen spoor. 'Of omdat de watergoden juist vanavond langzaam het strand opkruipen?'

Tegen zo veel flauwe humor kon Maria niet op en ze haalde haar schouders op. 'Wat u wilt. Ik ga naar huis.'

'Ja Maria, ga lekker thuis bijkomen. Het was een warme, drukke dag en morgen gaat gewoon de zon weer op.' Hij ging op het bed liggen en strekte zijn armen uit boven zijn hoofd. 'Ik ga nu ook even relaxen.'

Maria keek hem vanonder haar wenkbrauwen donker aan. 'Nou goed señor, ik heb u in ieder geval gewaarschuwd.'

'Precies en bedankt daarvoor. Maar maak je geen zorgen. Met mij komt het helemaal goed.'

Maria schudde haar hoofd, draaide zich op haar hakken om en zonder om te kijken liep ze naar de keuken. Even twijfelde Max nog of hij haar moest volgen maar hij besloot dat de kans op een snack bij zijn baas groter was en ging naast zijn bed in het gras liggen. In de verte klonk de Sardijnse woudzanger. De avond kon niet vrediger beginnen.

Hoofdstuk 6

'Ja, mooi hè, dat is lapis lazuli,' vertelde Maggie de jonge vrouw die al vijf minuten met een armbandje in haar handen stond. 'Niet duur ook, maar twintig euro. En allemaal handwerk.'

Ze zat in het kraampje van Floor, maar haar vriendin was al een half uur verdwenen. Ze zou even een gin-tonic halen bij vrienden verderop op de hippiemarkt. Eigenlijk verbaasde het Maggie niet. Floor had nooit een goed besef van tijd gehad. Vroeger lette Maggie daar zelf ook helemaal niet op. Ze droeg nooit een horloge en in de lange zomer van 1998 leek de klok niet te bestaan. De dag ging vloeiend over in de nacht. Ze ontbeten om vier uur 's middags en aten pizza om drie uur 's nachts. Ze sliepen onder de brandende zon op het strand en dansten op het dak in de haven tot de zon opkwam. Door de tijd te negeren stonden ze buiten de echte wereld en leek de zomer eindeloos te duren. Floor had dat leven al die jaren kunnen vasthouden, terwijl zij nu leefde met een superstrakke agenda waarin elke minuut geboekt was. Eigenlijk wilde ze dat tijdloze gevoel weer terug. Al was het maar voor een week.

'Ja, het is schitterend,' zei de jonge vrouw met een Scandinavisch accent. Ze zag eruit als alle vrouwen op de markt. Bruine benen, hippe slippers, korte spijkershort, wijde kaftanachtige blouse, veren gevlochten in haar haar en veel rammelende kettingen. De Ibiza-hippiestijl die nu overal op de wereld werd gekopieerd. 'Maar ik doe het toch maar niet.'

'Volgende keer beter,' zei Maggie opgelucht. Ze had niet geweten hoe ze het mobiele pinapparaat had moeten laten werken. Het viel haar op hoe commercieel de oude hippiemarkt was geworden. Heel druk, veel nepspul en weinig inspirerend publiek. Gelukkig begon de markt nu langzaam leeg te lopen.

Verveeld viste Maggie haar mobiel uit haar tas en zag een bericht van Sam. Een selfie van haar gezin in de plensende regen op het Spui. 'Wij hebben hier pas echt mooi weer. We missen je.'

Snel tikte ze wat emoticons van een stralende zon en poppetjes in bikini's terug en ze wilde net haar mobiel wegleggen toen een nieuw bericht van weer een anoniem nummer verscheen.

'Het maakt niet uit waar je bent. Ook op de hippiemarkt weet ik je te vinden.'

De spieren in haar armen verstijfden en het leek alsof iemand de lucht uit haar longen drukte. Ze hapte naar adem. Dit kon niet waar zijn. Wie was dit? Wie wist waar ze nu zat? Ze keek naar de voorbijschuifelende mensen en plotseling leek iedereen gevaarlijk. Wat moest ze nu doen? Zou die vent hiertussen zitten? Zou hij haar nu begluren?

'Tatada, hier ben ik weer,' riep Floor en ze zweefde met twee cocktails haar kraampje binnen. 'Wat is het druk vandaag. Ik moest bij Serge echt in de rij staan. En heb je nog iets verkocht? Denk dat ik vanmiddag zeker vijfhonderd euro heb omgezet. Niet zo veel als vroeger maar genoeg. Meer dan genoeg.'

Floor reikte haar een cocktail aan en deed van schrik een stap achteruit. 'Wat is er met jou aan de hand? Je lijkt wel versteend.'

Ineens besefte Maggie dat ze er inderdaad vreemd bij zat. Kaarsrecht, haar lange rok als een waaier om haar heen en met gestrekte armen hield ze haar mobiel voor zich uit. Alsof ze daarmee de dreiging van zich af kon houden. Ze voelde haar onderlip trillen en wist dat als ze het eerlijk zou zeggen, ze meteen zou gaan huilen. En in een miniseconde besloot ze dat ze daar geen zin in had. Ze ging het Floor niet vertellen. Althans niet nu. Vanavond wilde ze juist het oude, zorgeloze gevoel weer terug. Ouderwets dansen, drinken, lachen en vergeten dat er een echte wereld bestond.

'Oh niets bijzonders,' zei ze zo luchtig mogelijk en ze stak haar mobiel terug in haar tas. 'Een appje van de jongens en dan is het toch altijd even...'

‘Ja, altijd even moeilijk dan hè. Dat kan ik mij helemaal voorstellen,’ onderbrak Floor haar uitleg en ze trok een krukje naar zich toe. ‘Als ik Lizzy een dag niet zie, mis ik haar al meteen. Kinderen zijn echt vreselijk. Die maken ons tot hunkerende weekdieren.’

Maggie schoot in de lach en de brandende gin ontspande langzaam haar spieren weer. ‘Ik ben zo benieuwd hoe haar set is vanavond. Ze is nog zo jong. Zestien toch?’

Floor knikte. ‘Ik denk dat je haar fantastisch vindt. Ze is heel anders dan ik. Een gigantische bos goudkleurige krullen. Geen vergelijk met deze piekharen.’

‘Kom op Floor,’ zei Maggie en ze nam weer een grote slok van haar gin-tonic. ‘Je weet best dat je mooie, lange haren hebt. Steil, dat wel ja.’

‘Nou van je vrienden moet je het hebben,’ zei Floor en ze trok met een verwrongen gezicht aan haar vlecht. ‘Nee zonder dollen, Lizzy heeft al de hele zomer in grote clubs gedraaid. Echt bijzonder. En dit *closing weekend* is ze ook weer volledig volgeboekt. Morgen de intro bij de Space en zondag zelfs een half uurtje bij de flowerpoweravond van de Pacha.’

‘En vanavond dus bij het feest van Susan?’

Floor knikte en stak haar vinger in de lucht. ‘Luister.’

Maggie draaide haar hoofd om beter te kunnen horen en er klonk inderdaad zacht getrommel op de achtergrond. ‘Bedoel je het geluid van de drums?’

‘Daarmee sluiten we sinds kort de markt af,’ zei Floor

en ze stak een sigaret op. 'Anders verdwijnen die toeristen nooit van ons terrein. Nu begint onze tijd.'

Maggie dronk haar gin-tonic in één keer leeg. Het verdovende effect van de drank hielp uitstekend. 'Rook jij nog steeds?'

'Schuldig,' zei Floor en ze blies de rook in Maggies gezicht. 'Lekker toch? Zo zen ben ik nou ook weer niet schat. Nicotine blijft hard nodig. Baal wel dat we vandaag niet meer aan yoga zijn toegekomen. Ik beloof je, morgenochtend rijden we meteen naar de Namasteschool.'

'Ach lieverd, maak je niet druk,' zei Maggie en ze legde haar hand op Floors schouder. 'Ik hoop toch echt dat we morgen niet aan yoga hoeven denken en gewoon, net als vroeger, heerlijk uitkateren op het strand.'

'Wie heeft er al een kater?' Solo's wonderlijke eigen taal, een mix van Engels, Nederlands en Spaans, klonk na al die jaren nog steeds als een warm volkslied. En in zijn witte overhemd en strakke spijkerbroek zag hij er nog steeds aantrekkelijk uit. Een beetje verlopen, maar dat maakte hem eigenlijk nog sexyer. 'Dat kan echt niet hoor. Wij moeten nog beginnen. Kom op, *vamos a la Susan*.'

Floor sprong meteen op. 'Ja, Maggie ga jij maar vast met Solo mee. Dat is een prima idee. Dan kan ik het hier verder opruimen en kom ik over een uurtje of zo.'

'Maar kan ik wel in deze kleren? Moet ik mij niet eerst even verkleden?'

Solo stapte op haar af en pakte haar hand. 'Moet je nou toch kijken. Je bent een plaatje. Een zwarte jurk, perfect decolleté en je haar, nog steeds zo mooi dieprood. Je zult alle vrouwen gek maken van jaloezie.'

'Begrijp je nu waarom ik op Ibiza ben gebleven?' vroeg Floor, terwijl ze de kettingen in een houten kist legde. 'De mannen hier weten gewoon wat een vrouw nodig heeft.'

Maggie lachte en ze voelde zich steeds lichter worden. Eigenlijk merkte ze nu pas echt hoe erg ze dat onbezorgde gevoel, dat alles goed was en iedereen lief voor elkaar was, had gemist. 'Heerlijk. Ik kan niet wachten. Hoe gaan we erheen? Woont Susan nog steeds op een boot in de haven?'

'Denk niet dat je dat meer een boot kunt noemen. Je zult het zo wel zien. We rijden er op mijn motor heen. Ik regel even een helm voor je,' riep Solo over het geluid van de drums heen en hij liep snel het kraampje uit.

'Solo en jij?' vroeg Maggie aarzelend. Floor was er niet over begonnen en ze kon het zelf ook niet goed inschatten, maar ze wilde het echt graag weten. 'Zijn jullie nog steeds samen?'

Floor stond met haar rug naar haar toe. Haar smalle schouders staken uit haar leren hesje en de getatoeeerde rozenkrans in haar nek was goed zichtbaar. Ze antwoordde niet meteen maar maakte eerst rustig het slot van de kist dicht. Toen draaide ze zich om en keek

Maggie recht aan. 'We leven samen, voeden samen Lizzy op, geven beiden yogalessen en we rijden elke dag van de week de hippiemarkten af. Al zestien jaar lang. Maar we bezitten elkaar niet. Als jij deze week van hem wilt genieten, is het oké. Echt. Ik wil het alleen niet weten en zeker niet zien.'

'Euh? Wat zeg je nou? Bied je jouw Solo aan? Dat is toch helemaal niet wat ik bedoelde. Ik hou echt van...'

'Jajaja,' zuchtte Floor en ze danste met haar heupen op de diepe bas van de conga's. 'Je bent gelukkig getrouwd. Weet ik toch. Maar ik weet ook wat Ibiza met je kan doen. En ik zie je naar Solo kijken. Dus ik zeg het maar vast, mijn zegen heb je. En je weet ons oude motto, *what happens on the island, stays on the island*.'

Maggie wilde meteen roepen dat het een belachelijk idee was en dat ze alleen voor de rust naar het eiland was gekomen. Dat seks echt niet in dat rijtje thuishoorde. Zeker niet met een andere vent dan haar lieve Sam. Maar als ze echt heel eerlijk tegen zichzelf was, klonk het toch ook wel heel aantrekkelijk. Om zo vrij van sociale regels en mores te kunnen leven. Dat was pas echt ontspanning. Waarom zou ze het niet voor een weekje proberen? Niemand die het hier zou opmerken. En niemand die een verbinding had met Amsterdam. Sam hoefde het nooit te weten te komen.

Maggie omarmde Floor en ze fluisterde 'dank je' in haar oor.

'Oh schatten, zijn jullie nu alweer begonnen zonder

mij?' riep Solo die met twee helmen onder zijn arm buiten de kraam stond te wachten. Hij pakte Maggies hand, trok haar naar zich toe en hij gaf haar een warme kus in haar nek. Maggie voelde dat ze bloosde maar Floor keek haar lachend aan en ze stak haar duim omhoog.

Hand in hand liep ze met Solo via de wirwar van kraampjes en langs het Mimosa Café de straat op. Hij haalde het kettingslot van zijn zwarte Harley en wilde de zware motor starten, toen hij ineens begon te vloeken. 'Verdomme, niet weer één hè?'

Solo trok een affiche van de muur van het cafeetje en hij liet de poster aan Maggie zien. Een blije kleurenfoto van een meisje op het strand, met dwars erdoorheen in zwarte letters geprint '*death 25/9*'.

'Ken je dat meisje?' riep Maggie over de aanzwellende drumsalvo's heen. Het was duidelijk dat de toeristen waren vertrokken en het feest voor haar hippievrienden was begonnen.

'Nee,' gilde Solo terug. 'Maar het is niet goed voor het eiland. Het maakt de mensen bang.'

Maggie wilde meer vragen over de foto maar inmiddels was dat door het getrommel bijna onmogelijk geworden. Ze legde haar hand op Solo's schouder, maar hij negeerde het gebaar, verfrommelde de poster en trapte de prop de straat op.

Zonder haar aan te kijken, startte hij de motor en gebaarde haar de helm op te doen. Met enige moeite kreeg ze haar lange jurk over de motor heen getrokken en zodra ze zat, gaf Solo gas. Het geknetter van de motor overtrof nog net het zware gedonder van de conga's.

Hoofdstuk 7

Behendig stuurde hij zijn scooter over de rand van het zandpad, precies tussen de wijnranken door. Daar was de grond hard en uitgedroogd en kwam hij niet vast te zitten in de zachte aarde. De lamp van zijn scooter vormde een dansende lichtbundel over het donkere terrein. Eigenlijk was het geen openbare weg, maar een pad tussen twee boerenbedrijven in en de snelste weg naar het landhuis van Rudolph Vonstern, de Zwitserse baron die al twintig jaar op het eiland woonde. Eerst als verveelde erfgenaam die bij alle feesten vooraan stond te dansen en zijn geld vergokte. Het was uit die periode dat ze elkaar kenden.

En nu was de baron een teruggetrokken beeldend kunstenaar die ijzeren installaties bouwde op zijn landgoed en een paar keer per jaar open dag hield. Samen met zijn vriend Tim onderhield hij ook nog een ouderwets boerenbedrijf. Amandelbomen, kuddes schapen, olijfbomen, bijen. En vooral heel veel wilde bloemen. Hij vond het heerlijk om erin te werken.

Langzaam verscheen het sfeervol verlichte huis door de bomen heen in beeld. Overal schenen lampjes langs het pad omhoog. Vlak voor hem doken twee geiten net op tijd het veld met granen in. Nog voordat hij de motor van zijn scooter uitdraaide, kwam Rudolph al aanlopen.

'Frank, kerel, wat een verrassing,' zei hij en hij sloeg hem kameraadschappelijk op de schouder. Met zijn scherp gestreken witte broek en lichtblauwe overhemd leek Rudolph meer op een brave burger uit de jaren vijftig dan op de beruchte feestganger zoals hij een decennium geleden nog te boek stond. 'Maar nu je er toch bent, de pompoenen worden dit jaar echt megagroot.'

Frank zette zijn scooter op de standaard, pakte zijn stok en liep naast Rudolph de trap op naar de moestuin. 'Had je dan niet gebeld? De sproei-installatie hapert toch nog steeds? Misschien is de waterslang vanuit de ondergrondse tank versleten. Het zal denk ik niet de installatie zelf zijn.'

'Misschien heeft Tim gebeld, dat kan best. Dat ding werkt nooit lekker,' zei Rudolph en hij hield het hek voor hem open. 'Waar kwam je trouwens vandaan? Uit Sant Carles? Was je bij de hippies op de markt? Tegenwoordig kun je tot hier hun drumsalvo's horen.'

'Moet er niet aan denken,' zei Frank en hij boog zich voorover om aan de tomaten te voelen. 'Deze zijn bijna rijp. Nee, ik ben gewoon direct van thuis gekomen.'

'Dwars door de velden?' vroeg Rudolph en hij keek hem verbaasd aan. 'Het is daar aardedonker.'

'Ach, ging prima,' zei Frank ontwijkend en hij draaide de sproeier aan. 'Inderdaad, de waterdruk is te laag. Ik laat Javier er morgen even naar kijken.'

'Dat zou super zijn. Alles droogt nu zo snel uit. Kijk daar, de megapompoenen.'

'Ja, de regen laat nog op zich wachten,' bevestigde Frank en hij duwde met zijn stok tegen de grootste vrucht. 'Deze zien er prima uit. Toch goed dat we die nog hebben geplant.'

Ze liepen samen door de tuin terug naar het huis. Kleine vuurvliegjes doken voor hun voeten weg en de krekels waren hoorbaar aan hun avondconcert begonnen.

'Ga jij straks nog naar Susan?' vroeg Rudolph. Hij zwaaide naar Tim die op de veranda op hen zat te wachten.

'Ben je gek? Ik kom al jaren niet meer op haar feesten. Laat staan op haar *summer closing party*.' Frank kon zich niet voorstellen dat zijn oude vrienden nog wel bij de diva losgingen. 'En jullie?'

'Nee, we gaan als een setje saaie bejaarden alleen nog af en toe bij haar op de koffie.'

'Op visite bij de Grand Dame van de coke zeker,' zei Frank lachend en hij stapte het terras op. 'Lijkt me sterk.'

'Hee Frank, gezellig dat je er bent. Ook een glas?' vroeg Tim. Hij hield een fles rode wijn in de lucht. 'Eigen brouwsel, je kunt echt geen nee zeggen.'

'Was ik ook helemaal niet van plan. Graag zelfs.' Frank ging zitten en hij strekte zijn rechterbeen voor zich uit. De stekende pijn zakte wat weg.

Tim reikte hem een vol glas aan en bleef naar zijn been kijken. 'Heb je je verwond?'

'Tim, dat kun je toch niet vragen?' riep Rudolph uit. 'Je weet toch wel dat Frank...'

'Niet zo dramatisch doen. Natuurlijk weet ik dat Franks been nooit meer herstelt. Maar dit is iets anders, er zit bloed op je broek,' zei Tim en wees naar zijn kuit. 'Een enorme grote vlek.'

Frank boog zich voorover en hij veegde over de stof. 'Oh nee, dit is van de druiven. We hebben vanmiddag al een eerste persing gedaan.'

'Echt? Nu al?' Rudolph hief zijn glas. 'Op de eerste oogst dan maar.'

Frank nam een grote slok en hij volgde de sterke, diepe smaak van de wijn door zijn lichaam. Zwijgend luisterden ze naar de geluiden van de nacht. Ver weg klonk de branding op de rotsen van de oostkust en door een zachte bries ritselden de kleine grijze bladeren van de eucalyptusboom.

'Misschien moet je toch naar Susan,' verbrak Rudolph onverwacht de rust en zijn stem klonk ineens dwingender.

Frank ging rechterop zitten. 'Hoezo? Ik heb er echt niets te zoeken.'

‘Zij is er ook.’

Opnieuw was het stil maar nu was de rust negatief geladen. Frank hoorde zijn eigen zware ademhaling. Zijn handen voelden klam. ‘Hoe weet je dit?’

‘Van mij,’ zei Tim. ‘Ik kwam Floor toevallig vorige week tegen, bij een vernissage van de B12-galerie. Zij was zo enthousiast over haar komst, na zeventien jaar. En dat ze Maggie vandaag van het vliegveld zou ophalen. En dat wij elkaar allemaal als vanouds bij Susan zouden zien. Niet dat wij gaan hoor, nee daar hebben wij echt geen puf meer voor, maar jij… zou het niet goed voor je zijn haar weer te zien?’

Frank voelde zijn kaak verstrakken. Hij wreef over zijn trekkende litteken op zijn wang. ‘Zij hoort hier niet.’

‘Weet je Frank.’ Tim boog zich voorover en hij legde zijn hand op Franks knie. ‘Rudolph en ik denken echt dat het nu de juiste tijd is. Het is vast beter…’

Frank schoot omhoog, zijn stok viel op de grond en hij zette zijn glas net te hard op tafel. ‘Rudolph en jij? Hoezo, Rudolph en jij? Hoe weten jullie wat fucking goed is voor mij? Jullie hebben geen idee.’

‘Hee Frank, rustig,’ probeerde Rudolph te sussen. ‘Sorry, zo was het echt niet bedoeld, maar…’

‘Bemoei je er godverdomme nooit meer mee,’ zei Frank en hij keek de twee mannen strak aan. ‘Echt nooit meer.’

Hij bukte voorover, greep naar zijn stok en liep zonder om te kijken het donkere pad op naar zijn scooter. Voordat hij de motor startte, pakte hij een grote steen en wierp deze met enorme kracht tegen de tuinmuur aan. Een knal galmde door de vallei.

'Wat een kutzooi!' riep hij erachteraan, en hij startte zijn scooter en reed slippend weg.

Hoofdstuk 8

Met beide handen hield Maggie de reling vast en ze concentreerde zich op de lichtjes van Dalt Vila. Ze wist zeker dat de boot stillag maar het leek alsof ze tijdens een grote storm op open zee voeren. Lizzy's beats dreunden als een razende door haar hoofd. Het feest speelde zich achter haar af en leek in een andere wereld te bestaan. Ze telde elke keer opnieuw zachtjes tot tien, om niet haar evenwicht te verliezen. Een paar cocktails had ze maar gedronken, alleen waren ze ingeslagen als een bom. Het pilletje dat ze op advies van Susan erachteraan had geslikt, had zeker niet geholpen.

'Waarom sta je hier zo eenzaam mooi te zijn?' klonk een mannenstem achter haar rug maar ze keek niet op.

'Een, twee, drie...' telde ze zachtjes door.

'Gaat het wel goed met je?' vroeg de man die nu naast haar kwam staan. Hij was niet veel groter dan zij maar hij stond zo wijdbeens alsof hij de wereld overheerste.

Ze draaide haar hoofd schuin naar hem toe en glimlachte licht. 'Prima hoor, dank je.'

'Echt? Volgens mij heb je ook even wat rust nodig van het muzikale geweld.' Zijn ringbaardje praatte mee met zijn slepende Amerikaanse accent. Hij kwam haar bekend voor, maar ze had geen idee waarvan.

'Ja dat is waar, ik ben even aan het bijkomen,' antwoordde ze vriendelijk maar ze zuchtte diep. Ze had *zo* geen zin in een praatje, alleen had ze nooit geleerd om iemand beleefd af te poeieren. Haastig slikte ze een opkomende golf misselijkheid weg. 'Ik word echt te oud voor dit soort feesten.'

De man schudde zijn hoofd. 'Jij oud? Dat maakt mij dan tot een dinosauriër.'

Ze glimlachte. 'Welke soort moet ik dan aan denken?'

'Hm, zou zeggen een velociraptor,' reageerde hij snel en hij wreef in zijn rimpelige, bruine handen. 'Kijk, een bijna schubachtige huid. Verder ben ik natuurlijk kleiner dan mijn soortgenoten en heel venijnig.'

'De velociraptor... dat klinkt bedreigend. Vleesetend zeker?'

'Klopt, in de vorige eeuw werd het beest de snelle rover genoemd. Behendig, sterk en fel,' en om zijn verhaal kracht bij te zetten trok hij zijn lippen op, alsof hij op het punt stond haar aan te vallen.

Maggie schoot in de lach. Niet omdat deze vreemde man nou zo woest geestig was, maar wel omdat hij zichzelf belachelijk durfde te maken. Zelfspot, daar hield ze van. 'Boeiend hoor.'

'Ja, fascinerend hè,' reageerde hij enthousiast en met veel armgebaren vertelde hij verder. 'Dat was in 1923. De Amerikaanse paleontoloog Andrews groef toen voor het eerst de botten van deze dino op. Ergens in Mongolië, in de Gobiwoestijn geloof ik. Op deze Andrews is trouwens Indiana Jones gebaseerd.'

'Zo, dat is veel Wikipediakennis bij elkaar geschraapt,' zei Maggie iets vileiner dan ze bedoelde. Deze man met zijn opgepompte spieren, tattoos tot aan zijn vingerkootjes en een net te strak T-shirt, was dan wel een complete parodie op de stoere man, maar hij was eigenlijk best prettig gezelschap. Ze boog zich naar hem toe: 'Kom je ook uit Mongolië?'

'Dit klinkt onaardiger dan je bedoelt. Dat weet ik zeker. Ik ben trouwens Keld,' zei de kleine man en hij stak zijn hand uit. 'Dat is Deens voor opgeofferd vee.'

'Maggie,' zei ze langzaam en ze hield zijn brede hand net iets te lang vast. Zijn greep voelde heel stevig. 'Best bijzonder, een rover en prooi ineen.'

Nu moest Keld lachen. 'Mooi en nog grappig ook, dat is pas bijzonder.'

Maggie voelde de spanning in haar buik groeien.

'Wat vind je van Lizzy?' vroeg ze ter afleiding en ze trok haar hand voorzichtig los.

'Wel goed, geloof ik. Ik moet er toch nog altijd aan wennen dat een dj de sfeer van de avond bepaalt,' zei Keld en hij liet nu achteloos een vinger langs haar blote arm glijden.

Maggie genoot van het gevoel maar negeerde de streling, draaide zich om en leunde tegen de reling, haar blik nu op de dansvloer gericht. Met twee handen hield ze haar jurk naar beneden die telkens door de wind omhoog werd geblazen. Ze voelde zich iets steviger op haar benen staan. Dat ze haar hoge hakken had uitgetrapt, hielp. 'Ik vind haar geweldig. Zestien en zo veel lef.'

'Dat is inderdaad extreem jong. En dan al draaien alsof ze een beroemde chef-kok is, die het publiek iets lekkers voorschotelt, waarna het meteen hongerig om meer komt vragen.'

Maggie haalde haar handen door haar haar, liet het langzaam weer over haar blote schouders vallen en ze keek vanonder haar lokken naar de Deen: 'Ben jij ook zo hongerig?'

'Nee, wel dorstig. Wil je wat drinken?' vroeg hij en hij wees naar het ronde dienblad dat een lange travestiet gekleed in paarse veren op zijn blote buik had hangen. De drankjes waren wodkashots in reageerbuisjes en hadden allemaal een eigen kleur. Felblauw, geel, roze, gevuld met bladgoud en sommige gaven zelfs licht.

'Beter van niet,' bekende Maggie.

Keld legde begrijpend een hand op haar schouder. 'Een colaatje dan maar?'

Ze knikte en de Deen liep naar de bar aan het einde van het dek. Al snel verdween hij in de kolkende massa van schaars geklede, bruine lichamen die net te dicht tegen elkaar aan dansten. Maggie keek naar de groep vreemden, als naar een decadente filmscène. Overal ledematen, zoenende mensen, felle kleuren en heel veel drank. Geen bekende gezichten. Nergens. Zelfs niet Rudolph en Tim, die wel hadden beloofd te zullen komen.

Ineens bekroop haar een leeg gevoel. Deze roes was toch niet haar wereld? Wat deed ze eigenlijk op dit jacht, dat duurder was dan haar hele Amsterdamse Bilderdijkstraat bij elkaar opgeteld? Alleen al de zithoek met kussens van Armani kostte twee keer zo veel als hun appartement. Deze plastic wereld was niet haar wereld. Ze kwam hier voor de rust, meditatie en mindfulness, sprak ze zichzelf toe. Al wist ze niet zeker wat dat laatste nou precies betekende.

Ze veegde met twee handen over haar gezicht. Dat haar mascara nu zonder twijfel als een zwarte veeg over haar gezicht was uitgesmeerd, kon haar geen ruk meer schelen. Waar was ze nou in godsnaam mee bezig? Ze was gelukkig getrouwd, had een fijn gezin en was *fucking* ondernemer van het jaar geworden. Dat ging ze toch niet voor wat hitsige avondjes op Ibiza op het spel zetten? Pas een paar uur geleden was ze geland en nu al herkende ze zichzelf niet terug. Floor had gelijk, dit eiland deed iets met je. De sfeer ging onder je huid zitten en weekte je langzaam los van de echte wereld. Waar was haar vriendin trouwens? Die had zich op het feest nog helemaal niet vertoond. En Solo was ook al uren uit beeld.

Met een schuldgevoel zo zwaar als een baksteen, zocht Maggie naarstig in haar tas naar haar mobiel. Ze moest *nu* Sam een appje sturen. Vertellen hoe blij ze was met zijn cadeau. Verdorie, het was alweer half drie. Daarom was ze natuurlijk zo moe. Morgen dan maar, anders zou haar bericht hem zeker wakker maken. Tegen haar advies in sliep hij met zijn mobiel op het nachtkastje.

Ze scrolde gedachteloos door haar berichtjes. Een handeling die haar weer terugbracht in de echte wereld. Sam die een groot hart stuurde. 'Rust je uit?' Twee vriendinnen die haar met emoticons een fijne reis wensten, een foto van een perfecte worteltaart gestuurd door Ben, haar bedrijfsleider, en een met veel dikke kussen van haar jongens. Ze wilde haar telefoon wegstoppen, toen een laatste bericht oplichtte.

Weer het onbekende nummer, alleen nu met een foto en Maggie aarzelde om het te openen. Ze had geen zin in verwensingen en bedreigingen van een of andere gek. Niemand had het recht haar zo te stalken. Ze voelde een ongekende woede opkomen. Dat was het inderdaad, stalken. Wat dacht die gast wel niet? Dat hij haar zomaar kon belagen en dat ze dan bang zou worden of zo? Boos opende ze toch de foto en tot haar schrik zag ze zichzelf, dansend met haar armen in de lucht, tussen de gasten op de boot.

'Waar je ook bent, ik weet je toch te vinden,' stond onder de foto te lezen.

Alsof haar mobiel plotseling in brand stond, liet ze hem uit haar handen vallen. Tastend op de vloer vond ze hem onder een stoel. Ze keek nog eens naar de foto en zag een glimp van haar borsten. De gluiperd had precies op het moment gewacht dat ze echt los was gegaan. Wat een engerd. Haar adem werd korter en haar buik begon weer te draaien.

Fuck, deze vent was gewoon hier, ergens op dit kutfeest. De deinende massa leek ineens in slow motion aan haar voorbij te trekken. Ze probeerde te focussen maar herkende niemand. Wie zou haar dit nou willen aandoen? Welke gek die hier rondliep had het op haar gemunt? Misschien was het wel die Keld? Hij deed zich dan wel voor als een brave Deen maar hij kon natuurlijk ook een compleet doorgedraaide psychopaat zijn. Of was een van die opgedirkte modellen op de dansvloer eigenlijk door de Amsterdamse maffia naar Ibiza gestuurd? Met als enige doel haar bang te maken en te stalken, zodat ze wel zaken met hen ging doen. Of waren het gewoon domme paparazzi van de *Story* of zo die een leuk grapje met haar wilden uithalen, nu ze die prijs had gekregen? Alles leek ineens mogelijk. Maar waar was Solo nou toch? Hij moest haar nu echt helpen.

Met benen zo slap als elastiek klom ze op een stoel om het dek beter te overzien. In het midden van de gasten stond Susan op een verhoging verleidelijk te dansen. Haar gouden jurk zat als een te kleine handschoen om haar lichaam gekleefd. In een kring om haar heen stonden tientallen mensen te dansen, maar Solo was nergens te zien.

Ineens zag Maggie tussen de mensen wel Keld met twee glazen in zijn hand haar kant op komen. Dit risico kon ze niet nemen en zonder verder na te denken sprong ze van de stoel, liep op haar blote voeten een gang in en deed de eerste de beste kajuitdeur open. Het was een kleine ruimte met een strak opgemaakt bed en wat opgevouwen kleren op een stoel. Ze draaide de deur op slot, zonk op het bed en hield haar hoofd tussen haar handen. Door weer tot tien te tellen, probeerde ze haar snelle adem tot rust te brengen. Zachtjes wiegde ze zichzelf heen en weer.

'Een, twee, drie...'

Langzaam verdween het gesuis in haar oren en kon ze horen dat Lizzy's set tot een climax kwam. Haar hoofd leek een doffe wattenbol en om zich beter te concentreren, doorliep ze hardop haar opties. 'Ik kan nu verder met het zoeken naar Solo, of snel een taxi naar Floors huis nemen, of ik kan nu naar Susan lopen en de situatie uitleggen en vragen of zij mij kan helpen.'

Maar geen van de mogelijkheden klonk aantrekkelijk zolang Keld overal kon zijn en misschien wel op zoek was naar haar. Waarschijnlijk had die spierbal er helemaal niets mee te maken, maar ze kon nu niet meer scherp denken. Ze was zo moe, en de drank zat nog diep in haar lichaam. Bovendien was deze stalker nu echt serieus en moest ze geen risico's meer nemen. Hier blijven tot iedereen weg was en dan met daglicht terug zien te komen naar Floor, leek op dit moment de beste oplossing.

De beslissing bracht haar verder tot rust en de misselijkheid trok weg. Ze dronk de fles water die naast het bed stond leeg en ging opgerold op de deken liggen. De deinende beweging van het jacht die haar eerder nog draaierig maakte, voelde nu als troostend en langzaam gleed ze weg in een lichte slaap.

Het getril van haar mobiel maakte haar abrupt wakker. Het duurde even voordat Maggie zich kon oriënteren. Het was nog donker maar door de patrijspoort zag ze de lucht boven de zee al oranje kleuren, de muziek van Lizzy was nog zachtjes te horen maar was overgegaan in een rustige ballad en haar hoofd leek een stuk helderder geworden.

Ze nam haar telefoon op en hoorde Floors gejaagde stem.

'Maggie, waar zit je? Ik probeer je al uren te bellen. Ik heb je overal op dit kutschip gezocht maar niemand wist waar je was. En je reageerde maar niet op mijn appjes. Solo is je ook al de hele nacht kwijt. Er is hier van alles aan de hand. Iedereen is geschokt en…'

'Rustig, rustig, ik kom eraan,' onderbrak Maggie Floors waterval. 'Waar ben je nu?'

'Waar ik al de hele avond sta. En waar wij vroeger altijd stonden. Bij de bar natuurlijk.'

Maggie duwde zich omhoog en trok haar jurk recht. 'Ik loop nu naar je toe.'

Ze keek in de spiegel en schrok van haar verfrommelde gezicht. Met wat spuug veegde ze de zwarte strepen weg en ze gebruikte haar vingers als een kam om haar haar in model te krijgen. Ze constateerde dat het volkomen kansloos was en draaide de deur open.

De gang was, op twee mannen na die tegen de muur aan stonden te vrijen, helemaal leeg. Gehaast wrong ze zich langs de bijna blote kerels, rook de scherpe geur van alcohol vermengd met seks en stapte snel weer het dek op. De dansvloer was nu bijna verlaten, alleen een groepje twintigers hing nog aan de bar. Ze leken in een heftig gesprek verwikkeld en praatten woest met hun armen. Keld was gelukkig nergens meer te zien.

Vanuit een hoek bij de bar kwam Floor op haar aflopen. Ze was inmiddels ook op blote voeten en haar groene broekpak was zo doorschijnend dat haar kleine borsten door de stof te zien waren. Haar lange, blonde haren hingen als lianen om haar heen. Zo van een afstand leek ze net een elf uit *Lord of the Rings*, bedacht Maggie en ze voelde weer de vertrouwdheid van vroeger, toen ze samen in een soort sprookjesachtige Midden-aarde op Ibiza leefden. En op dat moment besloot ze dat ze haar oude vriendin nu wel alles over de stalker ging vertellen en ze liep snel haar kant op.

'Schattie, ik maakte mij echt ongerust,' riep Floor al voordat ze bij haar was. 'Kom, laten we in de lounge gaan zitten. Ik heb zo veel te melden.'

Maggie haakte haar arm in die van Floor. 'Ik ook, ik sta nog te trillen.'

Ze schoven langs een groepje Spaanssprekende vrouwen, doken een aparte, lege ruimte in en ploften op een bank vol zachte kussens. Zo tegen haar vriendin aan, in de warmte en geborgenheid van de zacht verlichte lounge, voelde Maggie zich langzaam ontspannen. Er ging een lichte tinteling door haar lichaam, alsof het bloed weer rustiger begon te stromen. Ze liet de foto van zichzelf op het feest zien.

'Hee, dat is een mooie selfie,' zei Floor die de telefoon onder de lamp hield. 'Was dit aan het begin van het feest?'

Maggie knikte. 'Ja, ik stond denk ik net een uurtje te dansen, het is alleen geen selfie.'

'Heeft Solo die dan gemaakt? Heb je hem nog gezien? Want er is zo'n poster van dat meisje en...'

'Wacht even Floor,' onderbrak Maggie opnieuw haar vriendin. Het was vaak de enige manier om de continue stortvloed van woorden te stoppen. 'Jij mag zo, maar ik moet je nu eerst nog iets zeggen.'

Maggie vertelde het hele verhaal van het eerste appje op de avond van haar award tot de laatste foto aan toe. Floor luisterde aandachtig, was even stil en vroeg uiteindelijk oprecht verbaasd: 'Maar waarom heb je helemaal niet gereageerd? Hem woedend teruggebeld bijvoorbeeld? Of hem op zijn minst in een bericht uitgescholden?'

Maggie haalde haar schouders op. 'Eerlijk gezegd, ik weet het niet. Misschien hoopte ik dat als ik hem zou negeren hij wel zou ophouden.'

'Maggie, werkelijk?' zei Floor en ze maakte een dramatische sprong van de bank. 'In welke eeuw leef jij zeg? Je wordt bedreigd en blijft maar stilzitten om geschoren te worden? Je bent toch een sterke vrouw? Jij bent zelfs ondernemer van het jaar en dan zo apathisch afwachten? Kom op, laat je niet zo bang maken.'

Maggie staarde leeg voor zich uit. Floor had natuurlijk gelijk, waarom had ze zelf nou nog niet gehandeld?

'Wat moet ik dan doen?' vroeg ze uiteindelijk bedeesd.

'Geef je mobiel. Kom.'

Gedwee overhandigde Maggie haar telefoon.

Floor zocht de foto op en ze tikte snel een bericht. Een diepe plooi verscheen tussen haar wenkbrauwen en bijna briesend las ze de tekst hardop voor. 'Wie ben jij? Klootzak!! Wat ben jij een lafaard zeg. Durf jezelf eens te laten zien!!!'

Maar voordat ze op versturen drukte, schoot Floor ineens weer omhoog. Met een geschrokken blik keek ze Maggie aan. 'Shit, ik denk dat ik weet wie het is. Stom dat ik daar niet aan heb gedacht, maar...'

'Oh meisjes, gelukkig, daar zijn jullie,' riep Solo en

totaal verhit rende hij met een ontblote borstkas de ruimte in. 'Jezus, wat ben ik blij jullie te zien, het is toch een groot drama. Ik ben helemaal aan het shaken.'

Floor pakte de handen van Solo en ze probeerde hem te kalmeren. 'Lieverd, wat is er dan? Je ziet eruit als een lijk. Wat is er gebeurd?'

Solo ging op zijn knieën voor de bank zitten. 'Het is het meisje, van de poster.'

'Ja, die is vermist,' reageerde Floor snel. 'Dat had ik vanavond al gehoord. Vlak voordat ik hierheen kwam. Ik wilde het jullie ook vertellen, maar kon jullie nergens vinden. Waar heb jij in godsnaam gezeten, was je...'

'Ze is dood,' zei Solo en huilend legde hij zijn hoofd in de schoot van Floor.

Hoofdstuk 9

'Kom op, nu naar voren,' riep Alonzo over het veld. Hij maakte zijn grote handen tot een toeter. 'Schiet hem naar rechts.'

Fidel sprong omhoog, zijn bilnaad kwam vol in beeld en hij vulde zijn broer aan. 'Faro, achter je. Dek je mannetje.'

De voorhoede van het eerste team van Rapid sprintte naar voren, een bal werd voorgegeven, de keeper liep uit, struikelde, maar Riaz kopte de bal hoog over.

'Nee hè, wat een stelletje bejaarden,' verzuchtte Alonzo. Hij veegde het zweet van zijn voorhoofd en ging hoofdschuddend naast Frank zitten. 'Dit is toch een doffe ellende, en deze slappelingen willen de derde divisie halen.'

Fidel trok zijn broek op, zonk ook weer terug op de bank en hij knikte woest. 'Ja, kansloos zijn ze. Volkomen kansloos.'

Frank knikte mee en hij maakte een aantekening in zijn schrift. *Bij de volgende training Riaz met Jeniro apart op goal oefenen.*

'De jongens bezorgen mij nog eens een hartstilstand. Echt, wat een zeikend zooitje,' zei Alonzo en hij klopte Frank vriendschappelijk op zijn rug. 'Dat jij je niet veel meer opwindt, vind ik een wonder. Kun je niet meer aanwijzingen geven?'

Aan de andere kant sloeg Fidel hem ook op de rug. 'Trek je niets van mijn broer aan. Ik vind dat je het prima doet. We hebben je hard nodig, anders wordt het helemaal niets met dit flutteam. En je rust is je grote kracht. Je bent zeg maar gegroeid van de Vliegende Hollander naar de Zwijgende Hollander.'

De lach van de Spaanse broers bulderde over het veld. Ze bedoelden het niet kwaad, maar de opmerking raakte Frank toch. Hij was inderdaad ooit de Vliegende Hollander geweest en die status miste hij nog elke dag. Iedere zaterdag zat hij in de dug-out van de sterkste club van Ibiza Stad en deed eigenlijk bar weinig. Ze zeiden wel dat ze hem nodig hadden, maar het was eigenlijk andersom. Hij wilde nog op een bepaalde manier betrokken zijn bij het voetbal. Officieel was hij assistent-trainer maar het kwam er in de praktijk eigenlijk op neer dat hij een gewone supporter was met net wat meer aanzien dan de rest. En die bescheiden positie beviel hem prima.

'Met jullie naast mij, is elk tactisch advies overbodig,' zei Frank en hij nam een slok van zijn cola. Het was alweer warm zo 's ochtends vroeg. De regen liet te lang op zich wachten.

'Dat is waar,' zei Alonzo tevreden en hij draaide aan de punten van zijn snor. 'De jongens mogen blij zijn met ons.'

En alsof de spelers op het veld ineens niet meer bestonden en het voetbal op slag onbelangrijk was geworden, begonnen de broers de laatste verhalen van het eiland door te nemen. Wie vreemd was gegaan met wie en welke corrupte hotelbaas nu weer over de kop was gegaan. Frank kon het snelle Spaans niet goed verstaan, maar het was wel deze dagelijkse gespreksstof van de Ibizianen, waar hij zo van kon genieten. Het maakte de wereld klein en overzichtelijk en gaf hem het gevoel dat hij er als stomme gringo toch een beetje bij hoorde.

'Hee, heb je trouwens gehoord van dat meisje?' vroeg Fidel en hij porde tegen Franks schouder. 'Volgens mij was ze Hollands.'

'Welk meisje? Wie bedoel je?' vroeg Frank en hij maakte een aantekening dat Raoul voortaan beter links in plaats van rechts kon spelen, zijn linkerbeen werd steeds sterker.

'Nou, dat meisje dat op die foto stond,' vulde Alonzo zijn broer aan. 'Dat weet je toch wel? Overal op het eiland hingen de laatste dagen posters van haar, met die gruwelijke tekst.'

Frank schudde zijn hoofd. 'Posters? Ik heb geen idee.'

'Onder welke rots heb jij gelegen?' vroeg Fidel en om zijn verbazing kracht bij te zetten sloeg hij met twee handen op zijn dikke buik. Met veel gebaren legde hij uit dat een jonge yogadocente die al een jaar op het eiland woonde, ineens op een poster was verschenen met de datum van gisteren erop en *death* eroverheen gekalkt.

'Wat een naargeestige grap,' zei Frank en hij dronk zijn flesje in één keer leeg.

Alonzo knikte. 'Dat dacht dat meisje ook. Ze zei tegen iedereen dat ze zich er niets van aantrok en ze wilde ook geen aangifte doen.'

'Van wat dan? Bedreiging?'

'Weet ik veel,' riep Fidel en hij gooide wanhopig zijn handen in de lucht. 'Bedreiging of stalking. Dat doet er allemaal niet meer toe. Ze is nu dood. Echt morsdood zeg ik je.'

'Wat?' Frank draaide zich met een ruk naar rechts en bestudeerde Fidels gezicht om zeker te weten dat hij niet weer een flauwe grap maakte. 'Dood? Echt? Jezus, wat is er dan gebeurd? Zo jong. Heeft ze een ongeluk gehad of zo?'

'Nee, dat is juist het bizarre,' begon Alonzo en hij stampte op de grond om zijn verhaal kracht bij te zetten. 'Ze is vermoord. Dit meisje, Helena heette ze geloof ik, die...'

'Nee, ze heette Heleen, niet Helena,' onderbrak Fidel zijn broer.

'Heleen of Helena. Wat maakt het uit? Ze is gruwelijk vermoord. Dat is glashelder. Gewoon hier op Ibiza, in koelen bloede omgelegd. Zomaar. Waar gaat het heen met de wereld? Zijn zelfs wij hier op dit kleine, brave eiland niet meer veilig?'

Nog voordat Frank kon antwoorden, klonk het fluitsignaal voor de rust. De spelers kwamen mopperend op de dug-out af en pakten hun bidons om bij te tanken. De twee broers stonden simultaan op en begonnen in rap Spaans de tactiek voor de tweede helft te bespreken.

Frank staarde naar een lege bladzijde in zijn schrift. Hoe was het mogelijk, zo achteloos vermoord. Hij kende die Heleen wel. Ze had lesgegeven op een retreat bij Santa Gertrudis in de heuvels waar hij elke maandag de palmen op de gevreesde kever controleerde. Een tenger meisje met een Aziatische achtergrond dat hij wel eens een lift naar de stad had gegeven. Zo extreem idealistisch nog. Ze sprak alleen maar over de positieve effecten van *raw food* en de bijzondere *spirits* op het eiland. Nog geen spoor van het harde cynisme waar veel gelukszoekers op het eiland uiteindelijk op uit kwamen. Hij had haar zo kwetsbaar gevonden en hij had haar bijna willen beschermen tegen alle teleurstellingen die ze ongetwijfeld nog zou tegenkomen. En dan nu dit.

Hij trok aan het T-shirt van Fidel, die zich gehaast omdraaide. 'Wat is er?'

Frank boog zich naar hem toe. 'Kun je nog iets meer vertellen? Over die moord? Hoe is ze gestorven?'

'Hee gast, zie je niet dat ik bezig ben?' vroeg Fidel en hij wees op het team. 'Dit zijn de voorbereidingen voor de tweede helft. Lekker belangrijk. Straks meer.'

'Oké, dan ga ik wel wat te drinken voor ons halen,' zei Frank en met moeite drukte hij zich met zijn stok van de bank. 's Ochtends was de pijn het heftigst. 'Wat wil jij?'

'Doe in godsnaam bier voor ons,' verzuchtte Alonzo. 'Krijgen we misschien nog een beetje lol in deze klotewedstrijd.'

Frank liep het veld af naar de kantine en al bij het hek werd hij aangesproken door een klein meisje van een jaar of tien. Een wit jurkje, paardenstaart, ondeugende, bruine ogen en een grote viltstift in de hand. 'Meneer, mag ik uw handtekening?'

Frank glimlachte. 'Hoezo wil juist *jij* mijn handtekening?'

Nu werd het meisje wat onzeker en ze trok verlegen aan de zoom van haar jurk. 'U bent toch wel *el espiritu blanco*?'

'Wie zegt dat ik dat ben?'

Het meisje antwoordde niet maar wees naar een grote man op het terras voor de kantine.

'Is dat je vader?'

Ze knikte. 'Hij zegt dat u de beste spits van Barça was, heel lang geleden. Nog voordat ik was geboren. En dat u elke wedstrijd scoorde. Dat is toch wel waar?'

'Als je vader dat zegt, dan moet het kloppen,' zei Frank en hij boog zich voorover om op een verfrommeld servetje zijn handtekening te schrijven.

Nog voordat hij een punt had gezet, trok het meisje het papiertje uit zijn handen en huppelde naar haar vader. De man zwaaide van een afstand.

Frank hief zijn hand, groette de man en liep vervolgens naar binnen. Achter de bar schonk Rosa twee biertjes in en wilde voor hem een fles water pakken toen ze merkte dat de ijskast leeg was. Ze gilde naar de keuken dat ze onmiddellijk water nodig had en boog zich over de bar naar Frank. 'Wat een toestand zeg.'

'Dat je geen flessen water meer paraat hebt?' vroeg Frank afwezig en hij tikte de te grote schuimlaag van het glas. Hij had geen zin in haar zure verzinsels, ze was een betrouwbare kracht in de kantine, maar haar verzonnen verhalen waren puur gif. Daar zat geen greintje ironie in. 'Ja, dat is inderdaad een grote toestand zeg.'

'Haha, grappig hoor Frank. Nee, ik bedoel natuurlijk van die moord. Afschuwelijk toch. Ondersteboven opgehangen te worden aan een boom, met je keel doorgesneden. Het bloed heeft er uren over gedaan om uit haar lichaam te sijpelen. Ze was totaal verstijfd toen ze haar vonden.'

Frank voelde een rilling over zijn rug gaan. Alsof er ineens een koude tocht door de warme kantine trok. 'Alsjeblieft Rosa, bespaar mij de nare details. Een beetje respect voor de doden zou je passen. Hoe weet je dit trouwens?'

'Van mijn zwager natuurlijk,' fluisterde ze bijna alsof ze een groot geheim verklapte. 'Hij werkt al jaren bij de politie. Hij zei ook dat de *crime scene* wel een altaar leek, met allemaal kaarsen en verschillende bloemen in een kring om de boom gelegd. En dat gewoon aan de rand van het bos bij Sant Carles. Iedere voorbijganger had haar kunnen vinden. Maar het was Mario, je weet wel die geitenhoeder, die haar als eerste aantrof. En hij heeft meteen mijn zwager gebeld. Gelukkig heeft Mario geen foto's of zo gemaakt.'

'Foto's?'

'Nou ja, dat hoor je toch wel vaker? Dat mensen dit soort dingen op Facebook of Instagram zetten. Ook wel begrijpelijk. Iedereen houdt er toch van om lekker te gruwelen?'

'Jezus Rosa, hoe verzin je het? Hou je een beetje in,' zei Frank en hij nam een grote slok van het bier van een van de broers. 'En laat dat water maar zitten, geef mij ook maar een biertje.'

Duidelijk beledigd, tapte Rosa het derde biertje en zonder hem aan te kijken, zette ze het net te hard op de bar. Het schuim klotste over de rand. 'Zeker weer op de rekening zetten van die ellendige broers van Salander. Wat een armoedzaaiers zijn dat.'

'Nee, ik betaal zelf,' zei Frank ijzig. Hij gooide een tientje op de bar en zonder dag te zeggen liep hij balancerend met de biertjes op een dienblaadje links en zijn stok rechts, terug naar het veld.

Hoofdstuk 10

Maggie knipte haar bh los en ze liet haar broekje langs haar benen naar beneden glijden. Een zwoele ochtendbries aaide haar borsten en ze strekte haar armen hoog boven haar hoofd uit. De warmte van de zon gleed zacht over haar lichaam waardoor haar huid tintelde en het leek alsof ze met een veer werd gestreeld. Ze ademde heel diep in en liet haar armen weer langs haar lijf zakken. Dit was de bedoeling, zo wilde ze leven. Zo ontspannen, vrij en totaal overgeleverd aan de natuur.

Gelukkig was Aguas Blancas nog steeds officieel een nudistenstrand. Niet dat ze ooit nog op vakantie naakt in zee zwom of behoefte had aan topless zonnebaden, maar wakker worden en je bloot overgeven aan de opkomende zon was zo magisch dat ze dat hier toch niet wilde missen.

Ze deed een stap naar voren en haar voeten zakten weg in het fijne zand. Een golf rolde rustig over haar tenen en de frisse temperatuur verraste haar. Meestal was in de vroege herfst het zeewater lauw en een beetje vies warm na een lange warme zomer, maar nu was het verkoelend als in de lente. Misschien had het verder op zee hard gewaaid.

Vlug liep ze door de branding en al snel was haar hele lichaam gewend aan het frisse water. Ze dook met haar hoofd in de golven en zwom in de richting van het rotseilandje vlak voor de kust. Vroeger kon ze er twee keer omheen zwemmen, nu was haar doel alleen maar om het eiland te bereiken.

Toen ze vanochtend vroeg het huis uitsloop, sliepen Floor en Solo nog. Zelf had ze nauwelijks geslapen. Misschien was het de drank geweest, maar die drie uur dat ze in bed had gelegen, had ze geen oog dichtgedaan. Ze had de avond met een totaal doorgedraaide Solo en een overbezorgde Floor wel tien keer herbeleefd.

Solo was hysterisch geworden; hij bleek het meisje te hebben gekend. Totaal over zijn toeren vertelde hij op Floors schoot dat hij yogalessen bij haar had gevolgd en dat ze zo mooi en lief was geweest. Floor had nogal geïrriteerd gereageerd, geroepen dat hij niet zo lyrisch over dat wijf moest praten en ze had meteen een taxi gebeld. Zonder te vragen of ze mee wilde, waren Floor en Solo samen naar huis gegaan. Wel vreemd, maar Maggie had ze maar laten gaan. Die twee hadden duidelijk wat uit te praten, zo vrij was hun relatie dus ook weer niet. Uiteindelijk was ze met Lizzy naar huis gereden en had ze van haar gehoord wat er met het dode meisje was gebeurd.

Een golf overspoelde haar gezicht en het zout prikte in Maggies ogen. De rots was verder weg dan ze zich herinnerde en ze moest echt even aanzetten om het eilandje te halen. Voorzichtig klom ze de stenen op en zocht een glad, warm plekje voor haar billen. Ze liet zich drogen door de zon en tuurde het strand af. Enkele strandstoelen waren bezet, maar voor de rest was het hagelwitte strand nog helemaal leeg. 'Wat een weelde die rust,' fluisterde ze tegen zichzelf en ze sloot haar ogen.

Toch opmerkelijk dat ze helemaal niet meer aan Breakkies had gedacht. Ze was bang geweest dat ze bij elke hippe horecatent op het eiland had willen stoppen om te kijken hoe het daar was. Maar sinds ze was geland, leek Amsterdam zo ver weg en kon ze zich eigenlijk niet eens meer voorstellen dat ze normaal zes dagen per week werkte. Waarom deed ze dat eigenlijk? Wie had ze nog iets te bewijzen? Sam vond haar toch wel geweldig, voor hem was ze al succesvol voordat ze met Breakkies was begonnen.

Gelukkig had ze hem en de jongens vanmorgen voor ze naar school gingen nog kort gesproken. Het was heerlijk om hun stemmen te horen, maar meer was het ook niet. Ze had geen heimwee of groot gemis gevoeld. Het was juist fijn om even geen moeder of vrouw te zijn. Ze had vannacht in bed wel besloten niet meer met andere mannen te flirten, daar werd ze alleen maar onnodig onrustig van.

Ze luisterde naar de golven die tegen de rots kletsten.

Nog zes heerlijke dagen rust. Het vooruitzicht maakte haar relaxed en langzaam werd haar lichaam zwaarder. Een voor een dreven de geluiden om haar heen verder naar de achtergrond.

Plots vielen koude druppels als ijsregen op haar warme buik en ze schoot wakker. 'Wie, uh, wat is dit?'

'Hee muchacha, niet schrikken, ik ben het maar.'

Maggie keek tegen de zon in naar het mannenlichaam dat boven haar hing. 'Solo?'

'Yep, in eigenste persoon.'

'Wat vreemd, ik hoorde je helemaal niet aankomen. Hoelang ben je hier al?'

'Net,' zei Solo en hij ging naast haar op de rots zitten. Zijn lichaam glom van het water en het leek nog dieper bruin dan gister. Zijn zwembroek hing laag op zijn heupen en ze kon net zijn lies zien. 'Je lag heerlijk te slapen.'

In één keer was Maggie zich weer bewust van haar eigen naaktheid. Snel draaide ze zich op haar buik. Blote billen zijn toch minder intiem dan een gehele naakte voorkant. 'Ben je alleen?'

Solo schudde zijn hoofd en de druppels van zijn natte haren raakten haar gezicht.

'Nee, Floor zit daar, aan de koffie,' en hij wees naar een houten keet op het strand. 'We lazen je bericht en zijn meteen deze kant op gekoerst. Wat ben jij vroeg uit de veren zeg.'

Maggie tuurde naar de strandstoelen bij de bar en zag een vrouw met een strooien hoed die van Floor kon zijn. Ze zwaaide, maar de vrouw reageerde niet.

'Grappig, we waren hier al lang niet meer geweest,' zei Solo en hij keek net te lang naar haar billen. 'Was dit strand een oude favoriet van jou?'

'Ja. Floor en ik kwamen hier heel graag, toen het nog veel rustiger was.'

'En Frank? Ging die dan ook mee?'

Maggie voelde het bloed naar haar wangen schieten en besloot meteen zijn vraag te negeren. 'Ben je weer een beetje bijgekomen van gisteravond? Wat een nare kwestie zeg van dat meisje. Weten ze al meer over hoe ze is vermoord en waarom?'

'Nee. De politie is bezig,' reageerde Solo kortaf. Hij ging op zijn rug liggen en draaide zijn hoofd naar haar toe. 'Maar schat, daar hadden we het niet over. Je kunt niet de hele tijd net doen alsof Frank niet bestaat. Hij woont hier, dat weet je toch?'

'Ja. Dat weet ik,' zei ze op dezelfde afgemeten manier. 'Maar kom, we moeten Floor gezelschap houden.'

Ze stond op, liep naar de punt van de rots en wilde het water inspringen, maar plotseling verstijfde ze, alsof haar voeten acuut vastgelijmd waren. Haar hart bonsde in haar lichaam. Ze keek naar de donkere golven die twee meter onder haar tegen de stenen stuksloegen. 'Shit, ik durf niet meer.'

'Dat begrijp ik,' zei Solo die naast haar was komen

staan. Hij pakte haar hand en leidde haar voorzichtig dichter naar de rand. 'Maar je moet er toch weer doorheen. Hier is het niet zo hoog. Je moet weer durven springen. Net zoals mensen die een auto-ongeluk hebben gehad ook zo snel mogelijk weer moeten autorijden. Anders doen ze het de rest van hun leven niet meer.'

'Maar het is juist niet snel. Het is alweer zeventien jaar geleden.'

'Daarom. De hoogste tijd dus.'

En nog voordat Maggie doorhad wat er gebeurde, sprong Solo de rots af en trok haar mee naar beneden, de donkere zee in.

Ze gilde zo hard dat haar mond onder water volliep en proestend kwam ze boven. Ze trok meteen haar hand uit Solo's greep. 'Wat een kutstreek.'

'Maar je hebt het wel gedaan,' zei Solo met een irritante glimlach op zijn gezicht. 'Kom op, wie het eerste bij het strand is.'

Met een gecontroleerde, strakke slag zwom Solo in hoog tempo weg. Maggie bleef met een gloeiend hoofd watertrappelend achter. Ze had al jaren niet meer aan *cliff diving* gedacht. Raar hoe het geheugen werkte en dat je herinneringen door ze te negeren kon wegstoppen. Maar toen ze op de rots stond, kwam alles weer terug. De lange vrije val, het oorverdovende gegil en het bloed dat als een plas op de golven dreef. Ze kreeg de beelden niet weer weggedrukt en voelde zich misselijk worden.

In de verte bij de strandstoelen zag ze Floor en Solo

naar haar zwaaien. Ze draaide zich op haar rug en heel rustig door haar buik ademend zwom ze terug naar de kust. En langzaam verdwenen de gedachten aan de traumahelikopter, de reddingssloep en zijn levenloze lichaam tussen de golven, weer naar de achtergrond.

Toen de steentjes van het strand over haar rug schuurden, stond Maggie op en pakte snel haar kaftan die net naast de branding lag. Ze schudde haar haren uit en met een elastiekje maakte ze een los knotje op haar hoofd. Vervolgens schoot ze haar slippers aan, pakte haar tas en liep naar de strandbar.

‘Oh schat, wat duurde dat lang,’ zei Floor die op haar afliep, ‘was al bang dat je kramp had gekregen. Gaat het wel?’

Maggie knikte. Ze ging Floor nu niets vertellen over haar angstaanval en over de gruwelijke herinneringen die door haar hoofd waren geschoten. ‘Ja, ik ben oké, maar geef mij maar een dubbele espresso. Die kan ik wel gebruiken.’

‘Geen bloody mary?’ vroeg Solo en hij hield een groot glas met tomatensap omhoog. ‘Dat is het enige middel dat echt tegen een kater helpt.’

Maggie glimlachte flauwtjes en ze zonk weg in een diepe ligstoel. ‘Koffie is voldoende.’

Solo liep naar de bar die inmiddels al aardig vol was gelopen en waar *Hotel California* uit de boxen brulde. Allemaal veertigers die deden alsof ze twintig waren. Gekleed in kleine bikini’s, met veel bloot en hangend bij elkaar op schoot en sommigen al met joints in hun handen.

'Het heeft toch iets sneus,' zei Maggie en ze wees naar de groep aan de bar. 'Dat we zo ons best doen om jong te blijven. Volgens mij gedragen veertigers die niets hebben bereikt zich nog zo jeugdig, omdat ze dan de illusie kunnen vasthouden dat ze ook nog veelbelovend zijn. Net als vroeger. Alleen moet die belofte op onze leeftijd natuurlijk wel allang ingelost zijn.'

'Wat is dit ineens voor moralistisch gezemel. Waar is je vrije geest gebleven?' zei Floor en haar stem klonk relaxed, lijzig bijna. 'Laat ons toch jong doen, wat maakt het allemaal uit?'

'Ben je nu al stoned?' vroeg Maggie en ze tilde Floors zonnebril op om in haar ogen te kunnen kijken. Ze zag vooral diepe grijze wallen.

' Hoe kom je daar nu bij?' zei Floor fel en ze draaide zich van Maggie weg. 'Het is pas negen uur of zo, ik ben niet gek. Doe normaal.'

'Sorry, maar ik...'

'En wat moeten we dan?' onderbrak Floor Maggies excuus en ze trok haar hoed verder over haar ogen. 'Onze dromen gewoon maar laten gaan en dan een burgerlijk bestaan opbouwen met een baan en een gezin? Is dat het alternatief? Is dat het ultieme doel van ons bestaan?'

'Nee, laat maar gaan, ik bedoelde er niets mee. Ik wilde alleen...'

‘Wat wilde je? Espresso toch?’ vroeg Solo die ongemerkt terug was gekomen. ‘Geen suiker waarschijnlijk.’

Maggie schudde haar hoofd en ze legde haar hand op Floors been. ‘Echt lieverd, ik wilde geen ruziemaken.’

Floor negeerde haar gebaar en staarde voor zich uit.

‘Hadden jullie ruzie?’ vroeg Solo oprecht verbaasd. ‘Dat hebben jullie volgens mij vroeger nooit gehad.’

Even zaten ze zwijgend bij elkaar, totdat Floor begon te giechelen. Maggie deed opgelucht mee.

‘Wat zijn we toch een stomme dozen,’ zei Floor en ze aaide Maggies hand. ‘Sorry, dit sloeg nergens op.’

‘Volkomen mee eens,’ zei Maggie en ze kneep haar ogen dicht tegen de felle zon. ‘Dit past echt niet bij ons.’

Samen dronken ze hun koffie en bespraken de vorige avond. Maggie uitte haar lof over Lizzy en Floor vertelde op haar beurt dat haar dochter die avond in de Space zou draaien. Met veel gebaren legde ze uit hoe Lizzy al van jongs af aan zo veel gevoel voor muziek had gehad en dat ze behalve slim en mooi ook nog zo sportief was.

‘En dat laatste heeft ze vooral van mij. Maar goed, wij zijn dan ook wel heel erg objectief over onze dochter, hè schat?’ zei Solo met zachte stem en hij gaf Floor een kus op haar wang. Een intiem gebaar dat niet paste bij Floors aanbod om Solo aan haar uit te lenen. Maar je kunt nooit in de keuken van een andere relatie kijken, bedacht Maggie en ze moest er ook niet over oordelen. Iedereen koos zijn eigen pad naar geluk. Liefde delen was voor haar geen optie, maar wellicht werkte dat voor anderen wel. Hoewel, ergens diep vanbinnen kon ze dat toch maar moeilijk geloven. Echte intimiteit ontstond volgens haar juist in de beslotenheid van een trouwe verbinding. Ze trok haar tas naar zich toe.

'Willen jullie misschien een foto van mijn muzikale, woest aantrekkelijke, hoogbegaafde en supersportieve tweeling zien?' vroeg ze lachend en ze viste haar mobiel uit haar tas.

'Ah, de olympische sporters *to be*,' zei Solo spottend en hij boog zich naar haar toe. 'Laat zien.'

Maar voordat Maggie de foto had opgezocht, verscheen er weer een appje van het anonieme nummer. Nu met een foto van haar naakt op het strand, met haar rug naar de lens.

'Hee, wat is dit?' vroeg Solo en hij pakte Maggies mobiel. 'Wie heeft deze foto genomen?'

'Is dat weer die stalker? Wat schrijft-ie nu?' Floor keek over Solo's schouder mee en las hardop voor. 'Ik kan mij niet laten zien, maar het belangrijkste is, dat jij weet dat ik jou wel zie. Overal. Ik weet je altijd te vinden.'

Maggies luchtpijp leek langzaam kleiner te worden en haar ademhaling schoot omhoog.

'Fuck. Die engerd was hier vanochtend gewoon ook,' zei ze gehaast en ze hoorde de angst in haar eigen stem. 'Of zou hij er nu nog steeds zijn?'

Floor ging staan en ze scande snel het strand en de achterliggende rotsen. 'Nee, hij is hier nu niet. Hij is hier echt niet meer.'

'Hoe weet jij dat?' Solo keek haar verbaasd aan. 'Wie is het dan?'

Floor ging weer zitten en pakte Maggies handen. 'Jeetje wat zijn die koud. Ben je zo geschrokken?'

Maggie knikte. 'Zei je nou gisteren dat je wist wie het was?'

Floor antwoordde niet meteen maar wreef eerst Maggies handen warm. 'Klopt. Ik heb een heel sterk vermoeden. Ik wilde je het gisteren al vertellen, maar toen kwam Solo met dat verhaal van dat meisje en toen...'

'Maakt niet uit, dat begrijp ik wel. Maar zeg nou, wie is het?'

Floor deed haar zonnebril omhoog en keek haar recht aan. 'Ik denk dat je dat zelf diep vanbinnen ook wel weet.'

'Hoezo weet ze dat zelf ook wel?' riep Solo en hij wreef hardhandig over zijn gezicht, alsof hij zichzelf echt wakker wilde maken. 'Als ze dat kon, had ze dat natuurlijk allang zelf gedaan. Vertel, wie is het? Wie wil haar nou zo bang maken?'

En door het woord 'bang' zag Maggie ineens in wie Floor bedoelde. 'Nee, denk je dat echt? Zou hij dat echt doen?'

Floor knikte. 'En ik denk zelfs dat hij nog tot veel meer in staat is.'

Maggie schudde hard haar hoofd alsof ze daarmee alle nare gedachten kon uitwissen. 'Nee, dat is onzin. Zo erg zou hij mij toch niet haten?'

'Hoe weet je dat zo zeker?' vroeg Floor en ze bleef Maggie strak aankijken. 'Na alles wat er tussen jullie is gebeurd?'

'Wat is er gebeurd?' gilde Solo nu over het strand. Hij hief dramatisch zijn handen in de lucht. 'Verdomme, wie is het in godsnaam?'

En bijna tegelijkertijd met Floor riep Maggie terug. 'Frank natuurlijk.'

Hoofdstuk 11

Javier bestudeerde de slaphangende palmbladeren van dichtbij.

'En?' vroeg Frank en hij gooide de stok van Max ver het bos in. 'Wat denk je?'

Zijn assistent-tuinman liet een blad door zijn dikke, ruwe handen glijden en rook eraan. 'Hmm.'

'Hmm, wat?'

Javier schoof zijn pet een stukje naar achter en wreef over zijn kale hoofd. 'Ik denk dat we veilig zijn.'

Frank liet zijn schouders zakken en leunde tegen de kar met sinaasappels. 'Man, wat een opluchting. Ik dacht echt dat we dit keer de pineut waren.'

'Ik ook,' mompelde Javier in zijn baard. Hij was niet ouder dan veertig, maar jarenlang felle zon en stevige wind hadden zijn huid oud en dor gemaakt. Hij had diepe rimpels in zijn voorhoofd en het leek alsof lachen hem pijn deed. Ze werkten al tien jaar samen, meestal zwijgend, maar Frank kon zich geen trouwere vriend voorstellen.

Hij klopte hem op zijn schouder. 'Hebben we het toch goed aangepakt, Javier. Dacht echt niet dat die paddenstoelen zo goed zouden werken. Geen enkele pesticide werkte tot nu toe en dan gewoon een paar simpele schimmelsporen die de rode palmkevers en zijn larven wel kunnen doden. Het is echt ongelofelijk.'

'Het is een wonder meneer,' zei Javier zo plechtig dat het leek alsof hij echt geloofde dat de hand van God hen had geholpen. 'U had het goed bedacht meneer. Nu kunnen we iedereen op het eiland helpen met bestrijden. Geen dode palmen meer. Ze zullen van u gaan houden.'

Max kwam teruggerend met de stok diagonaal in zijn bek.

'Mooi zo. Brave hond,' zei Frank en hij aaide het beest over zijn rug. 'Nou, dat laatste lijkt mij sterk. Mensen gaan mij nu niet ineens aardig vinden, maar we hebben de komende winter in ieder geval wel meer dan genoeg werk.'

Javier knikte, ademde diep in en pakte de handvatten van de kar op. De spieren in zijn armen spanden aan en hij begon te lopen. 'Ik breng deze even naar de schuur.'

'Prima Javier, dank je wel. Ik zie je over een paar uurtjes, bij de lunch.'

Frank keek de kar na en hij liep daarna het lavendelveld in. Max wandelde al snuffelend met hem mee. Het was een windstille ochtend en de rode grond was zo droog dat bij iedere voetstap het zand bijna knisperde en piepte als verse sneeuw. Dat de natuur elke dag zo dichtbij was, maakte hem rustig en vooral bevrijdend mild. Want hoe diep de teleurstellingen van zijn leven ook waren geweest, de cyclus van de natuur liet hem voelen dat alles gaat zoals het moet gaan. En dat een poging om je te verzetten tegen de wetten van de natuur volkomen nutteloos is en aanvaarding van je lot de enige manier om echt vrij te kunnen leven. Het lukte hem niet elke dag, maar hij had wel leren leven met het verdriet. Vergeten wat er allemaal was gebeurd, was niet langer zijn doel. De pijn was juist een onderdeel geworden van wie hij hier op het eiland was. Zo moest het zijn en zo mocht het de rest van zijn leven blijven.

Hij zette zijn stok tegen een muurtje en hij boog zich voorover om de grijsblauwe struiken te snoeien. Max ging languit in de schaduw van een olijfboom liggen en bleef hem nauwgezet bij zijn werk volgen. Deze uren, waarin ze samen in stilte op hun terrein aan het werk waren, raakten soms de kern van geluk. Genietend van de details in zo'n ultieme staat van rust, waarin de tijd afwezig leek en de uren vervlogen tot minuten. Zo werd het werken op het land een vorm van pure meditatie.

Plotseling sprong Max op en begon ongekend hard te blaffen.

'Rustig maar,' zei Frank maar hij keek niet op van zijn

werk. 'Vast een vogel of zo. Ga maar weer lekker liggen.'

Max negeerde de stem van zijn baasje en liep het verlaten zandpad op. Met behulp van zijn stok duwde Frank zich omhoog en hij floot op zijn vingers. Even leek de hond te twijfelen maar hij draaide zich toch om en wandelde rustig terug naar Frank.

'Wat ben je toch een braaf beest,' zei Frank en hij tuurde het pad af om te zien naar wie Max zo hard had geblaft. Maar het land was net zo verlaten als eerst. Hij boog zich weer voorover en wilde verdergaan met snoeien, toen hij vanuit zijn ooghoek toch nog wat zag bewegen.

'Wie is daar?' riep hij en hij hield zijn hand boven zijn ogen om tegen de felle zon in te kunnen kijken. Max ging dicht naast hem staan.

Verderop stapte vanuit de schaduw van een vijgenboom een vrouw het pad op. Haar lange witte jurk wapperde licht om haar heen en ze liep langzaam zijn kant op. Door de bladeren van de rij vijgenbomen scheen een zonnestraal recht op haar felrode haren die daardoor in brand leken te staan.

'Mag,' fluisterde Frank. Zijn lichaam verslapte en hij moest op zijn stok leunen om zijn evenwicht te bewaren. 'Mijn god, Maggie.'

Max rende kwispelend op haar af. Maggie stopte even om de labrador te aaien, liep daarna traag door en op twee meter afstand bleef ze voor hem staan. De zon scheen vanachter door haar jurk en tekende het silhouet van haar lichaam. Hij zag haar vertrouwde rondingen en hij voelde de bekende spanning in zijn buik opkomen.

'Hi Frank,' zei ze voorzichtig alsof ze bang was dat praten het bijzondere moment geweld aan zou doen. 'Hoe is het met je?'

Frank antwoordde niet maar liet zijn blik lang op haar rusten. Haar zachte gezicht met die grote groene ogen, de sproetjes rond haar neus en haar volle roze lippen. Verdomme, wat was ze nog mooi. Waarom had de tijd haar huid niet verdord en haar lichaam laten verzakken? Alles klopte nog aan deze vrouw en hij vervloekte zijn opgewonden reactie.

Maggie wipte van de ene voet op de andere. Ze was duidelijk zenuwachtig en ze wrong haar handen in elkaar. 'Je woont hier mooi. Echt je eigen paradijsje.'

Zeventien jaar lang had hij geoefend wat hij zou zeggen als hij haar weer zou zien. Eerst had hij bedacht dat hij haar verrot zou schelden, daarna leek hem een lijst met scherpe veroordelingen voldoende en later werd in zijn gedachten een ijskoude reactie de enige juiste. En nu ze daadwerkelijk voor hem stond, viel alles weg. Nu wilde hij haar alleen nog maar omarmen, haar ruiken en nooit meer loslaten.

'Mag,' was het enige woord dat hij kon uitbrengen en nog kostte het al zijn energie. Zijn mond was kurkdroog.

‘Hallo Frank,’ herhaalde ze en behoedzaam lachte ze hem toe. ‘Wat voelt dit bevreemdend vertrouwd.’

Ze had volkomen gelijk. Het leek alsof alle jaren in een tijdsvacuüm werden gezogen en ze weer als jong verliefden tegenover elkaar stonden, maar hij kon het niet zeggen. Hij wilde zijn gevoel niet verraden. Er was te veel gebeurd om over al die jaren heen te kunnen stappen.

‘Wat doe je hier?’ vroeg hij zo bot mogelijk.

Zijn reactie leek te werken en ze deed een stap naar achter. ‘Nou, je hulp, ze…’

‘Maria heet ze.’

‘Ja, Maria, ze wees mij waar ik je kon vinden. Ze lijkt mij een lieve vrouw. Zorgt ze goed voor je?’

‘Uhm, prima,’ mompelde Frank en hij zag dat Maggie naar zijn stok keek. Zo achteloos mogelijk zette hij hem achter zijn rechterbeen. ‘Maar hoezo? Ben je hier soms gekomen om mijn personeel te evalueren?’

Maggie kneep haar ogen samen. Een gebaar dat hij zo goed kende en het betekende dat hij haar had geraakt. Maar ze bleef onverstoorbaar glimlachen. ‘Ik begrijp dat je boos bent, maar…’

‘BOOS?’ riep Frank zo hard dat Max begon te blaffen. Als een spontaan ontwakende vulkaan schoot de woede door zijn lichaam. In een reflex wees hij met zijn stok naar Maggie. ‘Denk *jij* werkelijk dat ik maar *boos* ben? Ik ben intens razend. Weet je eigenlijk wel wat er is gebeurd?’

‘Jeetje Frank, rustig,’ zei Maggie en ze deed nog een stap naar achter. ‘Zo bedoel ik het niet, natuurlijk weet ik wat er is gebeurd maar ik wilde je wat vragen.’

‘Vragen? Kom je nu plots naar Ibiza om mij wat te vragen? Na al die jaren? Flikker toch op,’ zei hij en hij wees met zijn stok het pad af. ‘Ga alsjeblieft weg. En kom nooit, maar dan ook echt nooit, meer terug.’

Maggie strekte haar handen naar hem uit en ze keek hem wanhopig aan. ‘Kom op Frank. Kunnen we niet even rustig zitten? Als volwassenen even…’

‘Nee,’ zei hij resoluut en zonder haar aan te kijken draaide hij zich om. Max liep samen met hem uitgelaten het pad af.

‘Frank. Kom op,’ riep ze hem na. ‘Ik wil je gewoon wat vragen.’

Hij schudde zijn hoofd, bleef strak voor zich uit kijken en wandelde zo rustig mogelijk verder. Als hij langzaam liep, viel zijn trekkende been het minste op. Misschien zou ze zijn handicap op deze manier niet zien.

‘Frank,’ riep ze nog een laatste keer, maar hij keek niet meer om.

Hoofdstuk 12

Maggie wilde Frank nog achterna lopen maar ze kreeg ineens geen lucht meer. Piepend leunde ze tegen een boom. Shit, een astma-aanval! Hoe diep ze ook probeerde te ademen, er leek geen zuurstof in de lucht te zitten. Rustig blijven, sprak ze zichzelf toe. Ze droeg al jaren geen pufje meer bij zich en merkte nu pas weer hoe kwetsbaar ze eigenlijk was. Hoog ademend kreeg ze net genoeg lucht binnen. En dat allemaal door Frank.

'Verdomme, eikel,' zei ze hijgend en ze sloeg met haar vuist op de stam. Tegelijkertijd wist ze donders goed dat ze er niets van meende. Want wat zag Frank er nog goed uit. Hij stond daar zo stoer en zelfverzekerd. Als een ouderwetse kasteelheer op eigen grond. Ongelofelijk hoe sterk die emoties weer bovenkwamen. Hoe had ze ooit kunnen denken dat haar gevoelens voor hem waren vervaagd? Ze voelden nog net zo vers als zeventien jaar geleden. Alleen leek hij haar wel voorgoed uit zijn gedachten te hebben weggestreept. Hij had zo gereageerd. Op zich volkomen terecht, alleen zijn blik had haar als een mes gesneden.

Langzaam kwam haar adem terug. Ze wilde naar haar auto teruglopen toen ineens een kleine politiejeep in een grote stofwolk het pad opreed. De auto stopte voor het lavendelveld en van schrik schoot Max de struiken in. Ze zag dat er twee agenten uitstapten en Franks kant opliepen. Zonder een seconde te twijfelen, liep ze er snel achteraan en hoorde ze nog net dat de kleinste van de twee agenten hem met een verrassend lage stem aansprak.

'Señor De Wit?' De w klonk als een g. 'Bent u *de* señor De Wit. Of beter señor Blanco?'

'Ook goedemorgen heren,' reageerde Frank kalm en hij stak zijn hand uit. 'Welkom op haciënda Can Perla. En ja, ik ben Frank de Wit.'

Nu deed de langste en dunste agent een stap naar voren. Zijn pet was ongemerkt half van zijn hoofd gegleden. Zijn serieuze blik maakte het beeld zo absurd dat Maggie op haar onderlip moest bijten om niet in de lach te schieten. Ze zag dat Frank ook maar met moeite zijn lachen kon inhouden.

'Sanchoz,' zei de lange vent. 'En mijn collega hier heet Messie, en nee hij is geen familie van.'

'Oh oké, dat dat dan maar meteen duidelijk mag zijn,' zei Frank glimlachend, maar Sanchoz bleef hem bloedserieus aankijken. 'Nou ook goed, dan houden we het maar zakelijk. Wat kan ik voor de heren betekenen op deze mooie zaterdagmorgen?'

De twee agenten gingen nu naast elkaar staan.

'We willen u wat vragen,' zei Messie, die inmiddels wijdbeens stond. 'Een paar vragen maar. Belangrijke vragen dat wel.'

'Het moet niet gekker worden. Willen jullie mij *ook* wat vragen?'

'Ja, maar beter niet hier,' antwoordde Messie en hij wees op Maggie. 'We willen u graag privé spreken.'

Ze voelde zich meteen niet meer op haar plaats. Waarom was ze nou teruggelopen? Ze hoorde toch al lang niet meer bij hem?

'Privé? Waar gaat het dan over?' vroeg Frank.

Z

'Als we dat nu zeggen, is het niet meer privé,' zei Sanchoz droog.

Frank haalde zijn schouders op: 'Nou vooruit, loop dan maar mee naar het huis.'

Even hoopte ze dat hij zou vragen om mee te lopen maar hij deed een stap dichterbij en gaf haar alleen een hand. Zijn huid voelde warm en zij had zo graag zijn stevige vingers langer willen vasthouden maar hij trok zijn hand terug en zonder enige emotie in zijn stem zei hij. 'Tot ziens Maggie. Een goede reis naar huis.'

'Dag agenten, dag Frank,' zei ze zacht en ze sloeg haar ogen neer. Zonder om te kijken liep zeterug naar de parkeerplaats. Ze had zich nog nooit zo alleen gevoeld.

‘Nou mannen, dan gaan wij maar eens een lekker bakkie bij Maria halen,’ hoorde ze Frank nog vrolijk zeggen en hij floot op zijn vingers. Ze zag nog net dat Max uit het veld sprong en achter het drietal aan het pad afrende.

Hoofdstuk 13

Maggie gaf de parkeerwachter twee euro en ze parkeerde de Fiat in de schaduw van de bomen. Ze liet haar hoofd op het stuur rusten en zuchtte diep. Nog steeds was haar ademhaling niet helemaal op het normale niveau. Wat was het heftig geweest om hem weer te zien.

Ze pakte haar tas, stapte uit en liep langs de kant van de weg naar het strand. Het was drukker dan ze zich had voorgesteld. Vroeger was Cala Benirrás niet zo'n geliefde baai, vanwege de kiezels langs de branding. Maar sinds de komst van de protesterende hippies was de plek heel populair geworden. Elke zondag kwamen ze samen om te drummen en te dansen als aanklacht tegen alle misstanden in de wereld. En door het nieuwe restaurant Elements was het helemaal een hotspot geworden. Althans volgens Floor.

Ze had haar vriendin niet verteld dat ze naar Frank zou gaan, want ze had het haar zeker afgeraden. Floor was zo negatief over hem geweest. Ze vertelde dat hij psychisch labiel was, dat hij als een zonderling op het eiland leefde, dat iedereen bang voor hem was en dat hij altijd heel grof en kwetsend over haar had gesproken.

Maggie had geluisterd maar had zelf niets gezegd. Het leek erop dat Floor niet alles wist van wat er jaren geleden was gebeurd. Ze was vanochtend gelukkig alleen begonnen over het ongeluk bij de rots. En dat was maar beter ook. Ze wilde die beerput nooit meer opentrekken en had willen checken of ook Frank daartoe bereid was.

Maggie liep het strand op, schopte haar slippers uit en haar tenen verdwenen in het bijna te warme zand. Overal lagen jonge mensen met cocktails in de hand in groepjes bij elkaar en vanuit het restaurant klonk een lome beat over de baai. Helemaal links, bij de oude vissersboten, zaten enkele trommelaars mee te drummen op de muziek. De sfeer was zo relaxed, dat haar ademhaling nu helemaal tot rust kwam.

Ergens geloofde ze niet dat Frank degene was die haar stalkte, want waarom zou hij dat nu opeens doen? Hij had er al die jaren reden en mogelijkheid toe gehad en hij had haar nog nooit eerder iets aangedaan. En toen ze net voor hem stond, voelde ze zich, ondanks zijn koude reactie, heel veilig. Gek genoeg zelfs extreem geborgen. Frank had ook zo kalm gereageerd op de komst van de politie. En wat de agenten hem ook wilden vragen, hij had echt duidelijk helemaal niets te verbergen.

Maggie stapte het terras bij Elements op. Het zat helemaal vol en ze zocht over de hoofden van de gasten een uithangbord van Floors boetiek. Naast de hippiemarkten waar Floor wekelijks stond, lag een deel van haar collectie ook in deze *funky shop* zoals Floor hem zelf omschreef. Achter in het restaurant was een soort glazen kooi, waarin een sprookjesachtige sfeer heerste en Maggie zag haar vriendin daar achter de kassa zitten, midden tussen de witte kaftans, grote bloemen en tassen in pasteltinten.

'Hee lieverd, wat zit je hier goddelijk,' zei Maggie, toen ze de kleine ruimte binnenstapte. 'Alleen maar mooie spullen om je heen.'

Sloom keek Floor op van haar mobiel en met lodderige ogen staarde ze haar aan. 'Hee hoi, ja hoor, het is prima hier.'

Maggie had weer het gevoel dat Floor stoned was, maar ze durfde het haar niet meer te vragen. Hoewel sommige elementen van hun vriendschap onbetwist overeind waren gebleven, hadden de jaren wel een vertrouwensgat geslagen. Maggie kon Floors emoties niet meer goed inschatten en ze leek soms echt in een andere realiteit te leven.

'Zal ik even bij je komen zitten?' vroeg Maggie en ze wees op de lege kruk naast Floor.

'Oh, schat natuurlijk,' zei Floor en ze schoof wat op om ruimte te maken. 'Gaan we samen lekker winkeltje spelen.'

Maggie plofte naast haar en ze bestudeerde de armbandjes op de toonbank. 'Zijn deze van jou?'

'Yep.'

'Origineel. Net weer anders dan al die dingen die je overal ziet liggen.'

'Dank je,' zei Floor en met een trage beweging haalde ze een doosje ringen uit een la. 'Deze maak ik ook. Gek eigenlijk. Vroeger nooit gedacht dat ik dit zou gaan doen.'

Maggie probeerde een zilveren gevlochten ring. 'Tja, jij leek de meest ambitieuze van ons twee op de hotelschool. Ik dacht echt dat jij het Ritz in New York zou gaan leiden.'

'Oh nee, horror, dat is echt niets voor mij. Maar mijn ouders hadden niets liever gewild,' zei Floor en ze schoof een kleine kralen ring om Maggies pink. 'Deze staat je mooi. Die krijg je van mij.'

'Wat lief.' Maggie gaf haar vriendin een knuffel. 'Schat, je hebt het hier toch maar goed voor jezelf geregeld. Een fijn huis, een lieve man, een prachtige dochter en mooi werk. Je ouders zullen nu ook vast heel trots op je zijn.'

'Dat denk ik niet. Maar het maakt niets meer uit, ze zijn allebei al jaren dood,' zei Floor en haar stem klonk vlak. 'En dat is maar beter ook.'

'Hee ladies, zin in een Ibiza Delight?' vroeg ineens een grote man met een snerpend Australisch accent. Hij hing achteloos in de deuropening. Zijn open roze blouse stak scherp af tegen zijn gitzwarte huid en zijn rastaharen waren in een knot op zijn hoofd gebonden.

'Oh Koko, ja daar snak ik naar,' zei Floor en ze wenkte hem. 'Dit is mijn dierbare vriendin Maggie.'

Koko stapte naar binnen en gaf Maggie een hand. Ze voelde zijn ruwe huid maar zijn greep was onverwacht zacht. 'En Floor, waarom heb je deze mooie *redhead* zo lang voor deze hongerige Aussie verborgen gehouden?'

Floor vertelde met haar lijzige stem over hun wilde zomer van jaren geleden en dat hun vriendschap een basis had in de feesten van de Space. Maggie kon ondertussen haar ogen niet van Koko's gespierde buik afhouden. Een tattoo van een grote, kronkelende cobra met een opengesperde bek, pronkte precies in het midden.

'Ja, dat serpent zit daar om alle slechte energie buiten mijn lichaam te houden,' zei Koko die haar blik had gevolgd. 'Zelfs het vrouwelijke en warmbloedige Ibiza heeft een duistere kant. Kijk maar naar dat meisje dat op zo'n afschuwelijke manier is vermoord.'

Floor legde beschermend haar arm om Maggies schouders. 'Maak haar nou niet onnodig bang en breng ons die heerlijke Ibiza Delight van je. Wat zat er nou ook weer in? Sojamelk, aardbeien, havermout...?'

'Alsof ik mijn smoothierecepten aan jullie ga verklappen,' zei Koko en hij verdween met grote stappen weer het overvolle restaurant in.

'Hij heeft wel gelijk,' zei Maggie. Gedachteloos speelde ze met Floors armbandjes die op de toonbank uitgestald lagen. 'Die moord past hier niet. Het eiland is juist bekend om de vrouwelijke energie die hier zo voelbaar is. Allemaal BN'ers die zich hier ook meteen thuis voelden. Saskia Noort, Wendy van Dijk, Sonja Bakker en die beroemde kunstenares hoe heet ze ook weer...'

'Je bedoelt Danielle Dewindt. En Doutzen Kroes ook hè. Ze kocht twee weken geleden nog zo'n soort armbandje van mij,' zei Floor en ze liet een dun gevlochten leren bandje zien met een zilveren beeldje eraan. 'Het stond haar echt heel mooi. Ze heeft van die smalle polsen.'

Maggie liet de armband door haar handen glijden en ze bestudeerde het beeldje. 'Is dit niet de godin Tanit?'

'Ja, klopt. Wat goed dat je dat ziet. Ze hangt aan al mijn sieraden. Ik heb een paar jaar geleden een replica laten maken van een beeldje van Tanit dat ze hebben gevonden in haar grot, in het noorden.'

'Is dat daar bij San Vicent? Zijn we daar een keer geweest?'

Floor schudde haar hoofd. 'Volgens mij niet. Toen was die plek nog niet open voor het publiek. Het is nu echt een bedevaartsoord voor vrouwen geworden. Overal kaarsjes en kleine souvenirs.'

'Kunnen we deze week misschien een keer gaan kijken? Vrouwelijke energie kan ik altijd gebruiken.'

‘Wie weet,’ zei Floor en ze knikte vriendelijk naar een potentiële klant die langs de kledingrekken liep. De roodverbrande vrouw liet alle jurkjes door haar handen glijden en sloop toen weer de winkel uit.

‘Daar heb ik zo’n hekel aan, van die botte toeristen die niet eens normaal dag kunnen zeggen,’ zei Floor net iets te hard.

‘Denk dat ze dat nog hoorde,’ fluisterde Maggie.

‘Nou en? Ze was toch bot? En dan ook nog niets kopen.’ Floor schoof geïrriteerd op haar stoel heen en weer. ‘Trouwens, heb je nog iets van die lul gehoord?’

‘Bedoel je Frank?’

‘Ja, wie anders? Sam gaat je toch niet ineens stalken?’

Floors geprikkelde stemming maakte het niet tot het juiste moment om over haar bezoek aan haar ex te vertellen en Maggie besloot het onderwerp nog maar even te laten rusten. ‘Nee gelukkig niets meer. Waar blijft eigenlijk die verrukkelijke Koko met zijn Ibiza Delight?’

‘Ja, hij is echt heerlijk, maar helaas wel alleen beschikbaar voor de mannen,’ zei Floor en haar stem klonk alweer wat zachter.

‘Neee, is hij homo? Wat zonde!’

En nog voordat ze verder konden uitweiden over het verlies voor het vrouwelijke geslacht, kwam Koko binnen met twee gigantische glazen en zette ze met een zwierige beweging op de toonbank. ‘Voilà. Ik breng het genot en helaas ook het slechte nieuws.’

'Wij willen alleen maar het genot,' zei Floor en ze zoog hard aan het rietje. 'Dank je wel.'

Koko bleef staan en hij legde twee handen op de toonbank. 'Nee, het slechte willen jullie ook horen.'

'Nou, vertel dan maar,' zei Maggie en ze nam ook een slok van het drankje. Het was zo koud dat haar tanden pijn deden. 'Ben nu ook wel nieuwsgierig.'

'Hou je vast. Ik hoorde het net, maar er schijnen over het hele eiland allemaal nieuwe posters te hangen. Nu met een dansfoto van een andere vrouw. Weer met de tekst *death* eroverheen gekrast, maar met de datum van vandaag erbij geschreven.'

'Jezus, wat heftig,' zei Floor en ze hield beide handen geschrokken voor haar mond. Maggie voelde haar buik samenknijpen. 'Weten ze wie het is?'

Koko knikte. 'Het schijnt een vrouwelijke dj te zijn, misschien kent Lizzy haar wel. Een Italiaanse. Ze draait al jaren op de dinsdag in de Ushuaia.'

'Nee, toch niet Dj Tyfoon?' Floor sprong van haar stoel. 'Ik moet Liz nu bellen. Die zal gek worden. Tyfoon is een van haar beste vriendinnen.'

Koko pakte haar hand. 'Misschien moet je maar meteen naar haar toe rijden. Want die Tyfoon is al sinds gisteravond verdwenen. Ze is nergens op het eiland meer te vinden. Overal is al gezocht. Maar ze is spoorloos, echt totaal van de fucking aardbodem verdwenen.'

Hoofdstuk 14

Frank schopte zijn schoenen uit op de veranda en hij vulde de drinkbak van Max.

'Hier brave borst. Jij zult ook wel flinke dorst hebben.'

Leunend op zijn stok, bleef hij even kijken hoe zijn trouwe makker de waterbak bijna aanviel. Maria was hoorbaar al druk in de keuken bezig.

'Is het tijd voor de lunch?' riep hij richting de keuken. 'Het is bijna te warm om te eten.'

Het keukenraam vloog open en Maria's verhitte hoofd verscheen in beeld. 'Meneer, het is NOOIT te warm om te eten.'

'Weet ik toch, dat zeg je altijd,' zei Frank en hij klapte in zijn handen. 'Vooruit, laten we gaan genieten van al je lekkers. Is Javier al binnen?'

'Die zit aan tafel op u te wachten,' zei Maria en ze sloot direct het keukenraam weer. Ze deed altijd haar best om midden op de dag de koelte in huis te bewaren, door alle ramen en deuren potdicht te houden. Een typisch Spaanse gewoonte, waar Frank maar moeilijk aan kon wennen. Hij had liever overal lucht, licht en ruimte.

Op zijn blote voeten liep hij over de koele tegels van de veranda. Het was de beste investering die hij ooit had gedaan, het huis uitbouwen met een overdekt terras. Hij kon nu om de hele haciënda heen lopen, zonder blootgesteld te worden aan de brandende zon. En door de perfect uitgekiende bouw van het huis, was er overal een verkoelende bries voelbaar. Frank liep de hoek om en zag Javier al aan tafel zitten, diep in gedachten verzonken met een glas water in zijn hand.

'Zo, is het nog gelukt de rozen bij de schuur te snoeien?' vroeg Frank en hij ging tegenover de zwijgende Spanjaard zitten.

Javier knikte. Hij nam een grote slok. 'Maar het is te warm. Te droog. De natuur klopt niet.'

Frank wilde net gaan uitleggen dat het enige in het leven dat juist wel klopte de natuur was, toen Maria met veel geluid twee schalen op tafel zette en naast hem aanschoof.

'Ook welkom,' zei hij lachend en hij legde zijn servet alvast op schoot.

Het had jaren geduurd voordat zijn twee werknemers bereid waren geweest samen met hem hier op de veranda te eten in plaats van in de keuken. Maar nu was het de dagelijkse praktijk, althans, alleen tijdens de lunch. 'Het diner is voor meneer alleen,' zoals Maria regelmatig herhaalde.

‘Zo, en wat hebben we vandaag voor lekkers?’ vroeg Frank en hij wees naar een schaal. ‘Volgens mij ruik ik je heerlijke zarzuela. Wat een goed idee met die hitte.’

Maria verdeelde het eten en al pratend over de tuin bij Hotel Azzario die nog bijgewerkt moest worden, aten ze de pittige vis en dronken ze meerdere glazen van Maria’s zelfgemaakte sangria.

‘Wat kwamen die agenten vanochtend eigenlijk doen?’ veranderde Maria onverwacht aan het eind van de lunch het onderwerp van gesprek.

Frank antwoordde niet meteen maar doopte eerst zijn brood diep in de saus. Eigenlijk had hij gehoopt dat ze er discreet niet meer naar zou vragen. Maar ze had recht op een uitleg. ‘Ze vroegen mij waar ik gisteravond was.’

‘Dat vroegen ze mij ook,’ zei Maria. Ze legde haar bestek neer.

‘Vroegen ze *jou* ook waar je was?’

‘Nee, ze vroegen mij ook waar *u* was.’

‘Typisch,’ mompelde Frank en hij veegde met zijn servet over zijn kin. ‘En wat heb jij gezegd?’

Maria trok haar wenkbrauwen op. ‘Hetzelfde als u denk ik. Dat ik uw eten had gebracht, dat u ging zwemmen en dat u daarna nog naar een tuin in het noorden zou gaan.’

‘Precies zo ging het. En dat heb ik inderdaad ook zo verteld.’

Maria stapelde de borden op elkaar. ‘En ik heb gezegd, dat ik u had gewaarschuwd om niet te gaan. Omdat u dan problemen zou krijgen.'

'Huh?' Frank liet van verbazing zijn servet uit zijn handen vallen. 'Heb je dat gezegd? Waarom in vredesnaam?'

'Omdat ik inschatte dat u wilde dat ik eerlijk zou zijn.'

Frank keek Maria aan en hij voelde zijn mond verstrakken. 'Eerlijk wel ja, naïef niet.'

Maria wilde reageren maar Javier was haar voor. 'Meneer, ik denk dat Maria er goed aan heeft gedaan om alles over de avond te vertellen. Ze merken het als je iets achterhoudt. Al is het nog zo onbenullig. Daar zijn ze in getraind. De Ibiziaanse agenten zijn gehaaid. En dan lijkt het meteen alsof je echt iets te verbergen hebt.'

De hoeveelheid woorden die Javier achter elkaar uitsprak, verbaasde Frank. Zijn tuinmaatje had nog nooit zo veel tegelijk gezegd. Maar hij had volkomen gelijk.

'Dat is waar. Het is inderdaad beter zo,' beaamde Frank. Hij veegde de denkbeeldige kruimels van tafel, alsof hij daarmee de gesproken woorden kon wegvagen. 'Zo, nu eerst een siësta en dan weer aan het werk, wat jij Javier?'

Maar Maria liet zich niet zo makkelijk de mond snoeren. 'En die agenten… hebben ze uitgelegd waarom ze dat allemaal van u wilden weten?'

Frank schudde zijn hoofd en zei niets. Hij wilde dat dit gesprek zo snel mogelijk was afgelopen.

'Mij ook niet,' ging Maria verder en ze verzamelde

het bestek van tafel. 'En ik heb het ook niet gevraagd.'

Frank zuchtte diep. 'Ik ook niet.'

'Het zal ook wel niet belangrijk zijn, anders hadden ze het wel gezegd,' zei Javier. Hij stond op van tafel. 'Tot later.'

Javier verdween naar de schuur en Frank trok zich ook op uit zijn stoel. 'Het gaat vast om klachten van de buren of zo, over mijn aftandse, ratelende scooter.'

Maria reikte hem zijn stok aan. Haar mondhoeken krulden iets omhoog. 'Misschien. Maar ik dacht eigenlijk...'

Ze viel stil en keek hem onderzoekend aan, waarschijnlijk om in te schatten of hij niet opnieuw geïrriteerd zou raken. 'Ik dacht, misschien heeft het wel te maken met die mooie vrouw die vlak voor de politie bij u op bezoek kwam.'

'Nou Maria, hoe durf je!' riep Frank quasigeschokt uit, maar toch voelde hij zijn wangen direct warmer worden. 'Wat ben jij ineens aan het speurneuzen geslagen.'

Maria miste de ironie en ze begon zich meteen te verontschuldigen. 'Sorry, meneer, ik bedoelde het niet zo, ik...'

'Ah Maria,' zei Frank en hij legde een hand op haar smalle schouder. 'Het was maar een grapje. Je mag het best vragen hoor. Die vrouw hoort bij mijn verleden. Het is allang een afgesloten hoofdstuk. En dat is beter zo.'

'Jammer,' prevelde ze en zonder naar hem op te kijken, liep ze met de zware borden terug naar de keuken.

Frank floot op zijn vingers maar Max kwam niet tevoorschijn, waarschijnlijk was hij met Javier achter de geiten aan. Hij stond op en liep de tuin in. Met een forse ruk trok hij een ligbed in de schaduw van een olijfboom en ging languit op zijn rug liggen. Tot ver boven zijn hoofd strekte hij zijn armen uit en sloot zijn ogen. Het getjirp van de krekels klonk ineens hard in zijn oren. Gek was dat, de hele dag verzorgden de beesten het achtergrondgeluid op het eiland maar als je er op ging letten, hoorde je pas hoe luid het strijken van hun vleugels echt klonk.

Maggie had ook altijd zo van het geluid kunnen genieten. Ze lagen dan op hun rug in de schaduw van de bomen samen te luisteren. En te mijmeren over hun toekomst en de plekken waar ze zouden gaan wonen. Sinds hij haar vanochtend had gezien, dook ze de hele tijd op in zijn gedachten. Of het nou de visschotel van net was, die ze altijd zo lekker vond of die lila bougainville tegen de muur, die precies haar lievelingskleur had. Hij kon haar met geen mogelijkheid meer uit zijn hoofd bannen. Haar glimlach, haar geur, haar zachte huid, haar mooie volle lippen. Verdorie, waarom was ze nou toch ineens gekomen? Hij had het al zo lang goed zonder haar. En wat had ze hem nou eigenlijk willen vragen?

'Meneer, meneer.' Maria's stem klonk ver weg en hij

besloot haar te negeren. Hij lag net heerlijk weg te dromen.

'Meneer,' klonk het nu ineens heel dwingend en dichtbij. 'Meneer Blanco.'

'Maria,' reageerde Frank traag en hij hield zijn ogen stijf dicht. 'Siësta!'

'Nou, die is bij dezen afgebroken.'

Frank herkende meteen de ongekend zware stem van agent Messie en hij schoot omhoog. Even knipperde hij met zijn ogen tegen het felle zonlicht en zag daarna twee agenten aan het voeteneind van zijn bed staan. Maria stond er bijna verontschuldigend naast.

'Heren, zo snel alweer terug?' vroeg Frank. Hij trok zijn opgekropen T-shirt over zijn blote buik heen en probeerde zijn haar wat in model te duwen. Zonder succes. Zijn krullen hadden duidelijk een eigen wil. 'Wat kan ik voor u doen?'

Sanchoz deed een stap naar voren. 'Helaas meneer, maar wij moeten u arresteren.'

Het voelde alsof Frank een stomp in zijn buik kreeg en hij hapte naar adem. 'Arresteren? Voor wat in godsnaam?'

'Voor de moord op twee dames.'

'Hier op Ibiza,' vulde Messie zijn collega aan. 'U moet meteen meekomen.'

'Wat een onzin!' riep Maria uit en ze sprak agent Messie direct aan. 'U maakt een vergissing.'

Messie schudde zijn hoofd, deed ook een stap dichterbij en pakte direct Franks arm. 'We gaan nu meteen naar het bureau.'

Frank voelde een diepe woede opkomen en hij rukte zich los. 'Dat dacht ik niet. Ik heb niets gedaan.'

Nu kwamen Sanchoz en Messie allebei naast hem staan en ze draaiden hardhandig zijn linkerarm op zijn rug. Een pijnscheut schoot door zijn lichaam en hij wankelde op zijn benen.

'Ik heb helemaal niets misdaan,' herhaalde hij nog een keer en zijn slapen bonkten in zijn hoofd. 'Helemaal niets.'

'Nou, dan hebt u ook *helemaal niets* te vrezen,' zei Sanchoz droog en hij gaf hem een zachte duw in de rug. 'En bent u ook zo weer thuis.'

Frank gebaarde Maria zijn stok aan te geven en heel langzaam liep hij met de agenten mee. De spieren in zijn benen leken bijna te slap om hem te kunnen dragen. Om de hoek van het huis floot hij op zijn vingers en riep Max' naam, maar zijn trouwe hond was nog steeds nergens te bekennen. Zijn litteken op zijn wang trok en stak. Vaak een teken dat er een weersverandering op komst was. Of dat er iets afschuwelijks stond te gebeuren, zoals Maria dan altijd beweerde. Frank hoopte dat Maria's intuïtie nu eens niet waarheid zou worden.

Voordat ze de trap naar de parkeerplaats afliepen, draaide Frank zich naar haar om. 'Je weet alles te vinden. Zorg goed voor Javier en Max. Ik ben snel weer terug.'

Maria antwoordde niet, maar hij zag de tranen in haar ogen. Bij wijze van groet, stak hij zijn stok de lucht in en volgde gedwee de agenten naar de jeep.

Hoofdstuk 15

'Floor?'

Maggie liep door de mooi verzorgde tuin van haar vriendin. Overal bloemen, allemaal op verschillende hoogtes geplant en in meer dan tien verschillende kleuren. Zou Frank ook hier de tuin verzorgen? Gezien Floors sombere beeld van hem, was dat niet waarschijnlijk. Maar nu ze hem weer had gezien, kon ze die negatieve verhalen toch niet goed rijmen met de werkelijkheid. Ja, hij was bot en kortaf geweest, maar hij had daar ook alle reden toe. Ze durfde eerst niet naar hem toe en had van een afstand zeker een kwartier naar hem staan kijken. Hij had op een bijna tedere manier geduldig zijn planten verzorgd. Dezelfde zorg zag ze nu ook terug in deze tuin. Alsof hij de natuur echt had begrepen.

'Floor ben je al thuis?' riep ze opnieuw.

Ze volgde een kiezelpaadje naar de achtertuin en schaafde zich aan een uitstekende rozentak. Een straaltje bloed liep langs haar been en met een natte vinger veegde ze het weg. Ze liep verder naar de achterdeur, maar de luiken waren hermetisch afgesloten.

'Floor? Lizzy? Zijn jullie thuis?' riep ze nu harder door de luiken heen, maar weer volgde geen reactie. Ze draaide de hoek om van het witgepleisterde huisje en ook aan de zijkant zat alles nog potdicht.

Toch vreemd dat het huis verlaten was. Floor was misschien een kwartier eerder van het strand vertrokken om Lizzy op te vangen en nu waren ze beiden verdwenen. Maggie klom in de hangmat, pakte haar mobiel uit haar tas en appte Floor met de vraag waar ze was gebleven. Daarna belde ze Sam.

'Hee schat.'

'Darling, wat goed je stem even te horen. Hoe heb je het daar? Volgens mij is het heerlijk weer. Ik hoorde net op het nieuws dat er een soort hittegolf op het eiland heerst.'

Maggie beaamde het en ze vertelde over het feest, het zwemmen in de zee, de gezelligheid met Floor en de rust die over haar heen was gekomen. Maar ze verzweeg de ontmoeting met Frank, de beangstigende appjes en de ontwikkelingen rond de *moordposters* zoals de affiches nu werden genoemd. Wat niet weet wat niet deert.

'Dus je geniet van je cadeau?'

'Voor duizend procent schat, echt heel fijn. Dank je wel. En hoe is het daar?'

Sam deed met veel enthousiasme verslag van de verregende voetbalwedstrijden van de tweeling en van alle positieve reacties op haar award. Maar Maggie kon haar aandacht er niet bij houden. Ze hoorde een motor het tuinpad oprijden.

'Doe je veel liefs aan de jongens? Ik bel je morgen nog even, dag schat,' zei ze en ze zwaaide naar de man op de motor.

'Oké darling. Geniet. *I love you.*'

'Ik ook van jou,' zei ze snel en ze stopte haar mobiel weg. 'Solo, ben je daar? Ik lig achter in de tuin. In de hangmat.'

Het grind van het pad knarste en een man liep de hoek om.

'Hee Maggie, eindelijk heb ik je gevonden.'

'Keld!' riep ze uit en door haar plotselinge beweging viel ze bijna uit de hangmat. Nog net op tijd kon ze zich aan de rand vasthouden. Haar hart klopte in haar keel. 'Wat doe jij hier?'

'Zo, jij ligt er lekker ontspannen bij,' zei Keld en door zijn witte T-shirt leken zijn schouders nog breder dan toen ze hem voor het eerst op de boot had gezien. 'Ben je je roes aan het uitslapen?'

'Nee hoor,' zei ze zo kalm mogelijk maar haar keel werd droog. Waarom verscheen de Deen hier zo onaangekondigd? 'Ik wacht gewoon op Floor, die komt er zo aan.'

Met zijn handen in zijn zij liep hij op haar af. 'Mooi, dan hebben we nog even de tijd elkaar wat beter te leren kennen.'

Keld stond ineens ongemakkelijk dichtbij en Maggie zag de zweetdruppels van zijn voorhoofd lopen. Ze voelde zich opgesloten in de hangmat en probeerde er zo snel mogelijk uit te kruipen. Alleen door haar onverwachte draai, viel ze nu echt met haar hoofd recht naar beneden. Nog net voordat ze de grond had geraakt, hield Keld haar middel vast en tilde hij haar in een zwaai omhoog. Alsof er niets was gebeurd, stond ze binnen een seconde weer rechtop.

'Zo licht als een veertje,' grinnikte Keld en zijn grote handen omklemden bijna haar hele middel. 'Of ben ik zo sterk als een beer?'

'Een beer? Een velociraptor was het toch?' Ze wurmde zich uit zijn greep en deed een stap achteruit. 'En wat brengt jou hier? Op zoek naar loslopend wild?'

'Zo, lekker bijdehand,' zei Keld en hij trok zenuwachtig aan zijn baardje. 'Susan zei dat je hier logeerde. Ik wilde je gewoon even zien.'

'En vroeg je je niet *even* af of ik jou ook wilde zien?'

Keld negeerde haar sneer en bleef vriendelijk glimlachen. 'En ik wilde je deze terugbrengen.'

Uit de achterzak van zijn korte spijkerbroek trok hij een oranje zijden sjaal tevoorschijn en hij liet hem door zijn vingers glijden. 'Die was je nog vergeten.'

Maggie schudde haar hoofd. 'Deze is niet van mij.'

'Misschien niet.' Met een onhandig gebaar drapeerde hij de sjaal om haar hals. 'Maar ik vind hem wel perfect bij je mooie rode haren passen.'

De zachte stof voelde koel aan maar lag onprettig strak om haar hals. Ze trok de sjaal met een ruk los en gaf hem terug. 'Ik niet. Rood en oranje vloekt.'

'Vind je?' vroeg Keld en hij keek beteuterd naar de prop stof in zijn handen.

Maggie wantrouwde zijn komst maar ze voelde zich ook een beetje schuldig en besloot open kaart te spelen. 'Weet je Keld, ik zal het maar eerlijk zeggen. Ik vind het wel een beetje raar dat je ineens hier opduikt. En dan net *nu,* met al die enge posters en die meisjes die zomaar verdwijnen.'

Keld wreef over zijn kale hoofd en zuchtte diep: 'Tja, als je het zo bekijkt, is het inderdaad niet zo handig hè van mij. Ben je geschrokken?'

De brede Deen leek ineens vijf centimeter kleiner te worden en Maggie voelde haar spieren ontspannen. 'Nee, niet echt, maar je had mij ook gewoon even kunnen bellen.'

'Dat is waar. Maar dan had je waarschijnlijk geen afspraak willen maken.'

Maggie glimlachte. 'Daar kun je wel eens gelijk in hebben. Ik ben getrouwd, weet je.'

'Dat zei Susan ook al, maar aan de andere kant… wat op het eiland gebeurt…'

'Blijft op het eiland,' vulde Maggie aan en ze ging op het bankje tegen het huis aan zitten. 'Die kreet ken ik ook, maar voor dat soort acties ben ik inmiddels echt veel te oud.'

'Ah en daar zijn we weer bij de dinosauriërs beland,' zei Keld lachend en hij ging naast haar zitten.

En nog voordat Maggie het in de gaten had, zaten ze ontspannen te praten over de rare gewoontes op het eiland en over de bijzondere sfeer die zo veel mensen bleef aantrekken. Keld bleek als landschapsfotograaf veel te weten over de mooie wandelroutes langs de rotsen van de westkust en hij vertelde uitbundig over de schitterende foto's die hij had gemaakt van de zonsondergang bij Es Vedra.

'Dat is toch het rotseiland waar volgens de overlevering de sirenen uit de heldendichten van Homerus woonden?' vroeg Maggie. Ze volgde met haar ogen een gele vlinder die langs de bloemen in de tuin danste.

'Ja, dat zeggen ze,' beaamde Keld en hij wreef zijn handen van enthousiasme over elkaar. 'Er doen zo veel verhalen de ronde. Sommigen zeggen ook dat het de top van de verzonken beschaving van Atlantis is of de woonplaats van de Fenicische godin van de vruchtbaarheid Tanit.'

De naam van de godin deed Maggie plots weer aan Floor denken en ze veerde op. 'Shoot, ik moet uitzoeken waar Floor uithangt. En haar dochter Lizzy. Zij is bevriend met Dj Tyfoon, je weet wel, dat meisje dat nu vermist wordt.'

'Oh jee,' zei Keld en hij keek haar bezorgd aan.

'Wat?' vroeg Maggie afwezig terwijl ze haar mobiel

pakte om te kijken of Floor ondertussen had teruggebeld.

'Je weet het dus nog niet?'

Maggie zag dat Floor haar een bericht had gestuurd maar ze keek eerst Keld aan. 'Wat weet ik nog niet?'

Keld vouwde zijn handen onder zijn kin. 'Ze hebben haar vanmiddag gevonden.'

'En?'

'Ook gruwelijk vermoord.'

Maggie liet haar handen in haar schoot zakken. 'Echt?'

Keld knikte. 'Vreselijk hè? Wie doet nou zoiets?'

Ze zaten zwijgend naast elkaar. Maar in Maggies hoofd was het helemaal niet stil. Allemaal vragen zoemden door elkaar heen. Wie zou die gek kunnen zijn? En waarom juist deze twee ogenschijnlijk brave meisjes? Ze waren niet ouder dan dertig, met nog een hele toekomst voor zich. Zouden er nog meer volgen? Welke bruut wilde nu systematisch een einde aan deze levens maken? En ineens was Maggie zich weer bewust van de bonk spieren die naast haar zat.

'Hoe weet jij dit eigenlijk?' vroeg ze wantrouwender dan ze bedoelde.

Maar Keld begreep haar achterdocht niet of deed net alsof hij het niet hoorde en antwoordde rustig: 'Iedereen in de stad heeft het erover. Ze houden vanavond in alle clubs een eerbetoon. Precies om twaalf uur 's nachts draaien ze haar bekendste set, *Night vision 24*.'

‘Mooi,’ mompelde Maggie en ze schoof ongemakkelijk op de bank heen en weer. Ergens vertrouwde ze Keld, maar toch, dat gevoel was op niets gebaseerd. Hij kon nog steeds een enge psychopaat zijn, zoals ze zelf tijdens Susans feest had bedacht. Ze klikte het bericht van Floor open en las. ‘Zit met Solo bij Lizzy in de Space. Ze heeft ons nodig, kom je hierheen?’

‘Ik moet gaan,’ zei Maggie en ze stond meteen op. Haar tas die op haar schoot lag, viel omgekeerd op de grond en de hele inhoud lag in één keer verspreid over het gras. ‘Verdomme, wat ben ik toch onhandig.’

Keld dook meteen op zijn knieën, verzamelde alle spulletjes en deed haar tas dicht.

‘Hee, je hebt hier wat bloed,’ zei hij en hij wees naar het wondje op haar been. Voorzichtig veegde hij met zijn hand de laatste druppels weg. ‘Kom, ik breng je even. Dat lijkt mij verstandiger. Waar moet je zijn?’

Even twijfelde Maggie, want ze wilde niet naïef zijn en allemaal voortekenen over het hoofd zien, maar deze Deen leek oprecht een goedzak en ze wilde liever niet zelf rijden. ‘Graag, ik moet naar de Space. Die weet je toch wel te vinden?’

In een soort gespeelde wanhoop, gooide hij zijn armen in de lucht. ‘Oh mijn god, zo’n bejaarde dinosauriër ben ik nou ook weer niet.’

Ze liep achter hem aan naar zijn motor. In de afgelopen vierentwintig uur had ze zo veel meegemaakt. Oude vrienden, nieuwe kennissen, feesten, bedreigingen, een moord en de confrontatie met haar ex. Maar als ze heel eerlijk was tegen zichzelf, had het weerzien met Frank de meeste impact op haar gehad. En terwijl ze bij Keld achter op de motor stapte, besloot ze Frank morgen toch nog een keer op te zoeken. Want opnieuw het eiland verlaten zonder een laatste poging te doen het verleden definitief te begraven, was geen optie meer.

Hoofdstuk 16

'En dat is alles wat u wilt vertellen?'

'Dat is alles wat ik *kan* vertellen,' zei Frank en hij hoorde zelf de irritatie in zijn stem. Hij slikte zijn boosheid weg, boog zich over de tafel heen en keek recht in het gezicht van Messie. 'Zoals ik al tien keer heb gezegd. Er is simpelweg niet meer gebeurd.'

Messie ging verder onderuit zitten en begon uitgebreid zijn nagels te bestuderen. Langzaam pulkte hij wat troep onder zijn duimnagel vandaan en beet een stukje af. 'Neem uw tijd. Ik ga helemaal nergens heen.'

In de kleine kamer was het bedompt. Frank snakte naar een glas water maar het was zijn eer te na om ernaar te vragen. Het gesprek met Messie was een soort wedstrijd geworden en hij was vastbesloten om de vraag 'wie blijft het langst onverschillig' te winnen. 'Prima, dan wachten we samen.'

Messie strekte zijn korte arm uit om het resultaat van zijn persoonlijke manicure te bekijken. 'En u wilt ook geen advocaat?'

Frank wipte met zijn stoel naar achter. 'Waar zou ik die in godsnaam voor nodig hebben? Ik heb niets gedaan.'

Messie beet het laatste hoekje van zijn pinknagel af en keek hem daarna, vanonder zijn dikke wenkbrauwen, strak aan. Hij leek eerder op een crimineel dan een brave agent. Niet dat dat onderscheid op Ibiza nou zo groot was. Corruptie, vervlechting van de onderwereld met de bovenwereld, drugsdealende rechercheurs, Frank was het allemaal tegengekomen.

'Nou, daar denken veel mensen anders over,' zei Messie langzaam en hij sloeg zijn armen over elkaar. 'Heel veel mensen.'

Frank vouwde zijn handen in een driehoek en antwoordde in hetzelfde trage tempo: 'Nou, dan zou ik wel heel graag willen horen wat al die mensen over mij te vertellen hebben.'

Zonder te reageren stond Messie plotseling op, draaide zich op zijn hakken om en liep rustig het kamertje uit. De zware ijzeren deur viel met een knal achter hem dicht en tegelijkertijd viel de tl-buis uit. In één keer was het pikdonker. Zou dit een beproefde techniek zijn om hem angst aan te jagen?

Frank moest er hardop om grinniken en zijn lach klonk hol in de duistere stilte. Begrepen ze dan niet dat hij totaal geen angst voelde? Simpelweg omdat hij niets meer te verliezen had. Zeventien jaar geleden was hij alles wat belangrijk voor hem was al kwijtgeraakt. En sinds die zomer van 1998 was hij daarom ook nooit meer bang geweest.

'Hee, jongens,' riep hij tegen de muren waarin zeker meerdere microfoons zaten. 'Jullie zijn vergeten het licht aan te doen.'

Natuurlijk volgde er geen reactie en Frank schoof zijn stoel dichter bij de tafel, legde zijn armen gevouwen op het blad en liet zijn hoofd erop rusten. Dan maar tijd voor zijn siësta.

Maar nog voordat hij was weggezakt in een diepe slaap, zwaaide de deur open en viel vanuit de gang een felle straal licht de ruimte binnen. Frank knipperde met zijn ogen.

'Zo, u wilde horen wat we over u weten,' zei een lange figuur die in de deuropening bleef staan. 'Prima, maar dan wel quid pro quo. U vertelt wat, wij zeggen wat.'

'Wat je wilt,' zei Frank en hij wreef in zijn ogen, 'ben benieuwd.'

Het licht werd weer aangedraaid en Sanchoz liep het kamertje binnen. In zijn schaduw sloop Messie achter hem aan. Sanchoz pakte de stoel, draaide hem om en ging wijdbeens zitten, tegen de achterkant van de stoel leunend. Messie ging met zijn armen over elkaar achter hem staan en beiden keken ze hem boos aan. Precies zoals foute rechercheurs in B-films doen. Frank had erom kunnen lachen als de situatie niet zo bevreemdend was geweest.

'Waar was jij gisteravond om tien uur?' vroeg Messie,

nu ineens tutoyerend. Het was duidelijk dat hij had besloten neerbuigender te zijn.

'Zoals ik vanochtend *en* een half uur geleden ook al zei: Ik kwam rond die tijd bij mijn klant aan. Ik moest daar nog wat werk doen en bleef voor een glas wijn. Na een half uurtje ben ik weer vertrokken en meteen naar huis gereden.'

Sanchoz deed de kraag van zijn overhemd recht, schraapte zijn keel en zei: 'U liegt.'

Frank trok zijn wenkbrauwen op, maar reageerde niet en bleef de twee mannen strak aankijken.

Messie deed een stap naar voren in het felle licht van de tl-buis. Zijn huid was diep gegroefd en toonde grauw, alsof hij al achtenveertig uur op was. 'Wij weten dat je gisteravond dicht bij de plaats delict bent geweest.'

'Grappig,' zei Frank en hij vouwde zijn handen weer in een driehoek samen. 'Ik weet niet eens waar die plek is.'

'Gelul...' riep Messie en hij wilde verder tegen hem uitvaren, maar Sanchoz gebaarde dat hij zijn mond moest houden.

'Die avond bent u dwars door de velden bij Sant Carles gereden,' vervolgde Sanchoz op dezelfde monotone toon. 'We vonden aarde in de profielen van uw banden.'

'Oei, spannend, aarde in mijn banden. Strak geobserveerd hoor. Maar vertel eens...' Frank boog zich over de tafel heen. 'Sinds wanneer is dat eigenlijk een misdaad?'

'Aarde afkomstig van de plek onder de boom,' ging

Sanchoz onverstoorbaar verder. 'Forensisch onderzoek heeft dat uitgewezen.'

'Nu al?' vroeg Frank en hij verschoof op zijn stoel. Dit verhaal kon een verkeerde wending nemen. Hij moest het initiatief nu meteen naar zich toe trekken. 'Hoe heb je zo snel een monster naar een forensisch onderzoeker kunnen sturen? Die lui wonen hier niet standaard op het eiland. Is het binnen een dag heen en weer naar Barcelona gevlogen of zo? Onmogelijk natuurlijk. Bullshit is het. En jij weet het!'

Sanchoz mondhoeken krulden licht omhoog en een zweem van een overwinning gleed over zijn gezicht. 'De heer Vonstern heeft het bevestigd.'

'Rudolph? Wat heeft hij er nu ineens mee te maken?' Het litteken in Franks gezicht begon weer te trekken. 'Wat heeft hij in vredesnaam bevestigd?'

Messie deed een stap naar voren en hij sloeg met zijn vuist op tafel. 'WIJ stellen hier de vragen. JIJ luistert.'

Het rood aangelopen hoofd van Messie versterkte het beeld van een goedkoop geproduceerde politiefilm en Frank beet op zijn onderlip om niet in lachen uit te barsten. Hij haalde diep adem en zei rustiger: 'Ga je gang. Ik luister.'

'Wij hadden gehoord dat u in de buurt van zijn landgoed was gezien.' Sanchoz vlakke stem veranderde maar niet van toonhoogte. 'En we hebben Vonstern vanochtend ook wat vragen gesteld. Hij bevestigde dat u daar die avond was geweest.'

Sanchoz zweeg en hij keek hem onderzoekend aan.

Frank glimlachte sarcastisch terug. 'En? Wanneer wordt het nou spannend?'

'Wat ben jij een eikel,' spuugde Messie bijna in zijn gezicht.

Frank dook naar achter, maar de kleine agent trok zich er niets van aan. 'Jij vuile moordenaar, jij...'

Sanchoz stak zijn hand op en maande Messie zijn mond te houden. Opzichtig handenwringend deed de kleine agent weer een stap naar achter. Het *good cop-bad cop-toneelstuk* toneelstuk werd steeds duidelijker gespeeld.

'De heer Vonstern zei dat u er een beetje verwilderd uit had gezien,' praatte Sanchoz beheerst verder. 'Hij vond het vooral nogal typisch dat u in het donker door de velden was gereden. En dat u zo laat, zo spontaan was komen opdagen.'

'Ja, wat wij nou graag willen weten,' zei Messie ongeduldig. 'Is wat je daar zo fucking laat nog kwam doen?'

Frank legde zijn handpalmen open op tafel, alsof hij in één keer al zijn geheimen wilde delen. 'Heel makkelijk, ze hadden ons gebeld. Problemen met de sproeiinstallatie.'

Messie schudde woest met zijn hoofd en keek indringend naar Sanchoz maar hij hield vooralsnog zijn mond.

'En wie heeft wie dan precies gebeld volgens u?' vroeg Sanchoz nog steeds emotieloos.

Frank haalde zijn schouders op. 'Eigenlijk geen idee.

Volgens mij heeft mijn tuinman Javier ze aan de telefoon gehad.'

'Nou dan moeten we dat maar eens snel gaan checken,' spoog Messie weer, hij kon zich toch niet inhouden. 'Want je leugens maken mij gek.'

'Grappig, dat is dan geheel wederzijds,' zei Frank en hoewel hij baalde van zichzelf, kon hij het uitdagen toch niet laten. Deze gast was simpelweg te makkelijk op de kast te jagen. 'Jullie hebben mij tot nu toe alleen maar fantasieverhalen verteld. Ik weet niet waar jullie al die onzin vandaan halen.'

'Gore klootzak,' gilde Messie, hij stoof naar voren en haalde rechts uit. Frank kon net op tijd voor zijn vuist wegduiken en Messie struikelde voorover.

'Godverdomme,' riep de kleine man vloekend. Hij negeerde Franks uitgestoken hand en krabbelde met enige moeite zelf weer rechtop.

Op dat moment vloog de deur open en stapte een stevige vrouw in burgerkleren de ruimte in. 'Genoeg! Messie kun jij nu meekomen?'

'Ja, maar deze gast…' sputterde Messie tegen.

'*Nu* Messie,' zei de vrouw dwingend. Haar korte haar was nat van het zweet. 'Meneer De Wit, we beëindigen bij dezen het verhoor.'

'Dat werd tijd.' Frank stond meteen op. 'Dank u wel. En u bent…?'

'Gomez. Rechercheur,' zei ze kordaat en ze gaf hem een klamme hand. 'U kunt gaan.'

‘Wat?’ riep Messie verontwaardigd. ‘Laat u die vent nou ineens gaan?’

Gomez zei niets maar wees met een gestrekte arm naar de deur.

Messie bleef Frank indringend aankijken terwijl hij naar de gang liep. ‘Je kunt nog geen scheet laten. Ik hou je *twenty-four seven* in de gaten!’

‘Ik ook,’ zei Sanchoz en hij volgde zijn collega naar buiten.

‘Doe wat je niet laten kunt,’ riep Frank de mannen na. ‘Ik heb niets te verbergen.’

Zonder iets te zeggen liep Gomez voor Frank de kamer uit en hij volgde haar door kleine, onoverzichtelijke gangen dwars door het politiebureau. Bij de uitgang kreeg hij zijn persoonlijke spullen terug. Hij wilde meteen naar buiten lopen maar Gomez pakte hem bij zijn arm.

‘Ik hoop dat uw verhaal klopt,’ zei ze en haar greep verstevigde. ‘En ik hoop dat we elkaar nooit meer zullen zien.’

Frank keek verstoord naar haar hand en hij trok zich los. ‘Die hoop is geheel wederzijds.’

Zonder om te kijken liep hij naar buiten. Hoewel de schemer al was ingevallen, omringde de klamme warmte hem meteen. Hij pakte zijn telefoon uit zijn zak. ‘Javier? Ja, Frank hier. Kun je mij komen halen? Ik wacht in de Irish pub tegenover het bureau. Ben toe aan een biertje.’

Maar nog voordat hij kon oversteken, begonnen zijn benen te trillen. Alsof de opgebouwde spanning er met veel geweld uitkwam. Hij moest zijn stok stevig vasthouden om niet te vallen. Langzaam door zijn buik ademend, kwam de rust in zijn lichaam geleidelijk terug en kon hij de straat oversteken naar het overvolle café. Op de muur naast de ingang zag hij de poster van het meisje met *death* eroverheen gekalkt. En zonder dat hij in de gaten had wat er precies gebeurde, kwam in één keer, de lunch van Maria eruit.

Hoofdstuk 17

De lange rij voor de ingang draaide helemaal de parkeerplaats op.

'Jeetje, het is pas zes uur en dan al zo druk,' zei Maggie en ze stapte van de motor. 'Dat duurt uren voordat we binnen zijn.'

Keld pakte haar hand. 'Kom maar mee, wachten is voor dummies.'

Ze liepen langs de rij met verhitte hoofden, meisjes in te kleine jurkjes en mannen onder de tattoos. Links van de hoofdingang was een gouden deur met de letters VIP. Nog voordat ze hadden geklopt, vloog de deur open en stapten ze een rood verlichte gang in. De muziek was nog nauwelijks hoorbaar, maar de bas dreunde al door haar borstkas. Eigenlijk had ze hier totaal geen zin in. Ze verlangde naar de rust van Floors tuin, de ontspannende werking van de zee en de geurende bloemen op Franks terrein. Zou hij nog naar dit soort tenten gaan? Hoe was het toch mogelijk dat hij de hele tijd weer in haar gedachten opdook? Ze dacht meer aan hem dan aan Sam.

'Waar gaan we eigenlijk heen?' vroeg Maggie, terwijl Keld haar backstage in een sneltreinvaart door de warme gangen trok.

'De kleedkamer van de dj's. Ik denk dat Lizzy en Floor daar nu nog wel zijn.'

'Hoe weet je dit eigenlijk allemaal zo goed?'

Keld keek lachend om. 'Schat, ik heb ook een leven gehad voordat ik fotograaf werd.'

En ineens wist ze waar ze hem van kende. Ze stond abrupt stil. 'Keld, natuurlijk, wat stom dat ik het niet eerder zag. Jij bent Dj Doom. Maar toen had je nog zo veel haar, en...'

'Ik vroeg mij al af wanneer je erachter zou komen,' onderbrak Keld haar. 'Het duurde wel lang.'

'Wat flauw dat je niets hebt gezegd.' Quasiverontwaardigd stampte ze met haar voet op de grond. 'Jij was die zomer de grote ster. Maar volgens mij heb ik je toen nooit gesproken. Toch? Alleen maar op afstand bewonderd!'

'Andersom ook. Ik herkende je gister meteen aan je rode haar. Net als vroeger. Maar we hebben elkaar toen inderdaad nooit echt gesproken.'

Maggie schudde haar hoofd. 'Zie je, daarom kon ik je me niet meteen herinneren.'

'Ik durfde dat trouwens ook helemaal niet. Jij was van Frank. En hij, niet ik, was de belangrijkste man van het eiland. Iedereen had het over jullie; de spits van Barça en zijn *beautiful redhead.* Jullie waren het droompaar van het eiland.'

Ze voelde ineens zo'n verlies dat ze moest slikken om niet te gaan huilen. 'Zo, die komt even binnen.'

'Ah sorry, lieverd,' zei Keld troostend en hij sloeg zijn brede armen om haar heen. 'Zo had ik het helemaal niet bedoeld.'

'Dat begrijp ik en het maakt echt niets uit. Je hebt gewoon gelijk. We waren een bijzonder stel.'

'Het is serieus jammer hoe het allemaal is gelopen,' zei Keld en hij aaide haar krullen. 'Frank is een goede vent.'

'Ja, ik weet het. Het is echt heel erg zonde,' fluisterde ze zo zacht dat ze niet zeker wist of Keld het hoorde. Ze nestelde zich tegen zijn schouders en liet zich heen en weer wiegen.

Even stonden ze dicht tegen elkaar aan, maar het intieme moment werd verstoord door Solo's stem. 'Oh, daar zijn jullie. Dat duurde lang. Komen jullie hierheen?'

Maggie keek op en stapte van Keld weg. Ze voelde zich betrapt terwijl er niets was gebeurd.

Solo hing met zijn hoofd om de hoek van een deur en hij wenkte dat ze moesten komen. Zijn witte haar leek roze door het rode licht. Gek, dat ze hem in eerste instantie zo aantrekkelijk had gevonden, nu zag ze ineens hoe vrouwelijk hij eigenlijk was. Maggie grinnikte, zijn mannelijke ego zou het niet overleven als hij wist hoe hij er nu uitzag. En zo snel als het gevoel van gemis was gekomen, ebde het ook weer weg. Frank was verleden tijd en daar moest hij ook blijven. Ze zei het bijna hardop om zichzelf er ook echt van te overtuigen.

'We komen eraan,' zei Keld tegen Solo en hij vroeg vervolgens. 'Gaat het weer een beetje?'

Maggie knikte en ze gaf hem een kneepje in zijn arm. 'Dank je. Gek, hoe het verleden ineens zo terug kan schieten.'

'Als dinosauriërs zijn wij daar natuurlijk extreem goed in getraind,' zei Keld lachend. 'Ons verleden wordt continu opgegraven.'

Ze glimlachte, haakte haar arm in die van hem en samen liepen ze naar Solo.

'Hoezo hebben jullie elkaar ineens gevonden?' vroeg Solo en hij hield de deur voor hen open. 'Jullie zijn toch niet aan het kussen of zo?'

Keld keek hem geïrriteerd aan. 'Niet alles draait om seks.'

'Oké man, relax.'

Achter de grimeurtafel zat Floor, rokend. Haar dunne, bruine benen gekruld over elkaar. 'Hee, Keld. Jij ook hier? Jullie hebben Liz net gemist. Ze is al naar de stage. Haar show begint over vijf minuten.'

Maggie ging tegenover haar zitten en ze legde haar hand op Floors been. 'Hoe was het met haar? En hoe is het met *jou*?'

Floor nam een diepe haal en ze blies de rook in het gezicht van haar spiegelbeeld. 'Gestrest. Althans ik. Liz was vooral verdrietig. Denk dat ze het ook nog niet echt kan geloven. Ze was alleen maar bezig met de avond. Geobsedeerd dat het een mooi eerbetoon wordt. Voor Tyfoon.'

'Onze dochter communiceert alleen via muziek,' vulde Solo aan. 'Heeft ze van haar vader.'

'Dat is voor mij heel herkenbaar,' zei Keld. 'En dat maakt mij alleen maar nog nieuwsgieriger.'

'Mooi,' reageerde Solo enthousiast en hij sloeg Keld vriendschappelijk op de schouder. 'Kom, laten we snel naar haar set gaan luisteren.'

'Gaan jullie maar vast, ik rook deze nog even op,' zei Floor en ze vouwde haar benen als een yogi onder zich. Het zag er niet naar uit dat ze op het punt stond te vertrekken.

'Ik wacht ook wel,' zei Maggie. Ze had het gevoel dat Floor even alleen met haar wilde zijn en ze gebaarde Keld alvast te gaan.

En inderdaad, de mannen waren de ruimte nog niet uit of Floor boog zich naar haar toe. 'Ik vroeg mij af, krijg je eigenlijk nog van die rare berichtjes?'

Maggie trok haar wenkbrauwen op. 'Nu je het zegt, nee, eigenlijk ineens niet meer. Maar hoezo?'

'Heb je het nog niet gehoord?'

Maggie schudde haar hoofd. 'Wat is er dan?'

Floor drukte eerst zorgvuldig haar peuk uit, ongetwijfeld om de spanning nog verder op te voeren en zei toen op geheimzinnige toon. 'Frank is opgepakt. Voor verhoor.'

'Voor die paar berichtjes? Dat lijkt mij sterk. Ik denk trouwens echt niet dat hij het heeft gedaan, ik...'

'Jezus Mag,' onderbrak Floor haar en ze stond in één keer op. 'Luister nou eens naar wat ik zeg. FRANK IS OPGEPAKT! Hij is gearresteerd voor de moord op die twee meisjes.'

Maggie had het gevoel alsof de stoel onder haar vandaan werd getrokken en ze moest zich vasthouden aan de tafel om niet haar evenwicht te verliezen. 'Wat? Frank verdacht van moord?'

Floor knikte driftig. 'Ik zei toch dat het een enge vent was. *Let's face it* Mag. Je ex is een seriemoordenaar.'

Maggie sloot haar ogen. 'NEE! Dat is niet waar. Dat kan niet. Echt niet. Het is een hartstikke goede vent. Frank zou nog geen vlieg kwaad doen. Ik ken hem toch.'

Floor pakte haar bij de schouders. 'Mag, kijk mij aan.'

Maggie wilde weigeren, in haar eigen cocon blijven zitten en niet geconfronteerd worden met Floors nieuws. Maar ze opende toch langzaam haar ogen en zuchtte diep. 'Vertel.'

'Ik hoorde het toen ik net aankwam in de stad. Het nieuws ging als een lopend vuurtje rond. Ze hebben hem gewoon bij zijn haciënda opgepakt. Hij schijnt zich als een gek te hebben verzet. Dat zegt toch al genoeg?'

‘Of juist helemaal niets,’ probeerde Maggie Floors verhaal te ontkrachten. ‘Misschien ging hij juist door het lint omdat hij onschuldig is. Echt, hij zou zoiets nooit doen.’

‘Jezus, wat ben jij naïef,’ zei Floor, ze liet Maggie los en al pratend liep ze rondjes door de kleedkamer. ‘Ze hebben tonnen aan bewijs. Hij kende de meisjes goed, hij zou op de crime scene gezien zijn en hij schijnt zelfs bloed op zijn broek te hebben gehad. Vanochtend hebben ze in zijn schuur tientallen van die gruwelijke posters gevonden.’

‘Ik heb hem vanochtend zelf gezien,’ zei Maggie. Ze durfde Floor niet aan te kijken en ze speelde met haar armbandje. ‘Om een uur of elf. Hij werkte op het land. En… ’

‘Nee, godverdomme Mag, echt waar?’ vroeg Floor en ze bleef recht voor haar stilstaan. ‘Stomme doos. Waarom heb je dat in godsnaam gedaan?’

‘Geen idee,’ fluisterde Maggie en ze drukte met beide handen op haar ogen maar kon de tranen nu niet meer tegenhouden. Al die herinneringen, de verwarrende emoties voor Frank en de rondzingende angst werden haar ineens te veel. Ze voelde zich heel alleen en begon zachtjes te huilen.

Floor schoof een stoel dichterbij en ze pakte haar handen.

‘Ik begrijp echt dat het heftig voor je is,’ zei Floor en ze klonk begripvol. Lief bijna. ‘Dat je verliefd bent geweest op die engerd is natuurlijk heel confronterend. Maar ik zei het je toch, het is gewoon een heel nare man. Niemand op het eiland mag hem. Geloof mij nou toch.'

'Ja, het is heel heftig,' beaamde Maggie snikkend, maar eigenlijk had Floor geen gelijk. Maggie huilde niet omdat ze het met een seriemoordenaar had gedaan, maar omdat Frank werd beschuldigd van zoiets vreselijks. En ze wist met elke vezel in haar lichaam, dat het niet waar was. Ondanks alles wat er tussen hen was gebeurd, had hij zich altijd netjes gedragen. Terwijl hij alle reden had gehad om haar slecht te behandelen, was hij correct gebleven. Hij zat moreel goed in elkaar en hij ging heus niet plotseling als een gek vrouwen vermoorden. Ze wist het absoluut zeker maar kon het nu niet opbrengen om met Floor hierover in discussie te gaan. Ze voelde zich op dit moment te kwetsbaar en kon Floors reacties niet meer goed inschatten.

'Maar het is goed dat hij wordt verhoord,' zei Floor troostend en ze streelde haar handen. 'Hij zit voorlopig weggestopt. Je hebt nu niets meer te vrezen.'

Maggie knikte maar sprak zich niet meteen uit. Ze slikte haar tranen weg en veegde haar wangen droog. Haar gedachten schoten door haar hoofd. Ze moest aantonen dat Frank onschuldig was! Ze moest zo snel mogelijk, zo veel mogelijk bewijzen verzamelen die hem vrij zouden pleiten! Dan zou ze eindelijk iets terug kunnen doen. Dan zou ze misschien zijn pijn kunnen verzachten en wie weet, zou hij het haar dan een beetje kunnen vergeven. Het idee maakte Maggie meteen lichter in haar hoofd. Eindelijk kon ze iets doen. Floor zou het waarschijnlijk niet begrijpen, die leek zo overtuigd van zijn schuld. Ze zou haar plan dus maar even voor zich houden en niet tegen Floor in gaan.

'Dat is fijn ja,' reageerde ze uiteindelijk heel neutraal en ze keek Floor weer aan. Het viel haar op dat Floors ogen rood geaderd waren. Misschien had ze meegehuild met Lizzy's verdriet. 'Waarom zou hij het gedaan hebben, denk je?'

'Weet ik veel,' antwoordde Floor en ze haalde haar schouders op. 'Misschien is hij drugsverslaafd en weet hij niet meer wat hij doet? Of is hij zo gefrustreerd geraakt door zijn mislukte leven dat hij zijn woede niet meer kan beheersen? Mensen kunnen door de gekste dingen plotseling totaal doorslaan. Het is maar een fijn draadje waarop we met zijn allen lopen.'

'Dat is waar,' zei Maggie en ze stond op. Haar idee om Franks onschuld te bewijzen had haar een grote dosis nieuwe energie gegeven. 'Zullen we maar naar Lizzy gaan luisteren? We kunnen wel wat afleiding gebruiken.'

Floor keek haar onderzoekend aan. 'Gaat het echt wel?'

'Ja, ik ben weer oké. Het kwam gewoon even hard aan,' zei Maggie en ze liep naar de deur. 'Kom, volgens mij is ze al bezig.'

Ze deed de zware deur open en een muur van lawaai viel over haar heen. Ze wenkte Floor en ze volgden de dreunen van de muziek naar de grote zaal. Net naast het podium kwamen ze de ruimte binnen en werden overspoeld door een golvende massa. Alsof ze met zijn allen op een trampoline stonden, sprongen de bezoekers in hetzelfde ritme met elkaar op en neer. Zoekende lichten gleden over het publiek dat in rookwolken gehuld werd. Links van de stage stonden Keld en Solo met hun handen omhoog mee te deinen op de muziek.

Ze voegden zich bij de mannen en Maggie bestudeerde Lizzy die geheel in het zwart achter de keyboards stond. Een groot, gouden kruis hing op haar buik. Haar lange krullen dansten om haar heen en ze leek volledig in trance mee te bewegen op het diepe basritme. Maggie wilde Floor vertellen hoe bijzonder haar dochter was maar toen ze zich omdraaide zag ze haar vriendin met haar mobiel in de hand terug de gang in duiken.

Een jongen met een staartje, in een zilver glimmende top ging recht voor Maggie staan en nodigde haar met zijn ogen uit mee te bewegen met het opzwepende ritme. Ze sloot haar ogen, liet zich gaan en ze voelde een apart soort energie vrijkomen toen haar bewegingen samenvloeiden met de cadans van de muziek. Ze kreeg het gevoel dat ze zo uren zou kunnen doordansen.

Even opende ze haar ogen en ze zag dat Floor en Keld aan de zijkant van het podium in een verhitte discussie verwikkeld waren. De muziek maakte het praten moeilijk en ze probeerden elkaar duidelijk met veel armbewegingen te overtuigen.

'Wat is daar aan de hand?' probeerde ze Solo te vragen en ze wees naar de twee. Solo haalde zijn schouders op en hij riep iets naar haar. Maar de muziek maakte hem onverstaanbaar. Geheel onverwacht gingen de lichten uit en de muziek werd steeds zachter. Daarna legde Lizzy 'She' van Elvis Costello op de draaitafel en draaide ze geleidelijk het melodramatische lied weer steeds luider.

'*Let's honor the dead*,' riep Lizzy door haar microfoon en het publiek pakte massaal zijn telefoon en verlichtte de hele zaal met lampjes. Het sprankelende licht gaf de ruimte een sprookjesachtige sfeer en Maggie moest slikken om niet weer te gaan huilen. Wat zaten haar tranen vandaag toch ontzettend hoog. Alsof een dam die jarenlang haar emoties in toom had gehouden, nu was doorgebroken en al haar gevoelens weer vrij konden stromen. Hoewel ze zich nu kwetsbaar voelde, gaf het ook energie en een ongekend gevoel van vrijheid.

Ineens stond Keld weer naast haar en hij legde zijn hand op haar arm.

'Ik moet gaan,' hoorde Maggie hem over de zachtere tonen heen roepen.

'Waarom?' vroeg ze en ze vormde haar mond zo dat hij haar vraag ook kon liplezen.

Hij kwam dichter naar haar toe en zei in haar oor: 'Ik

leg het je morgen uit. Alles komt goed. No worries.'

Maggie keek hem vragend aan en hij glimlachte terug maar zei niets meer. Hij sloeg Solo op zijn schouders, stak zijn duim op naar Lizzy en negeerde Floor toen hij achter het podium verdween.

Lizzy draaide de knop met dance weer vol open en de zaal werd in het felle, witte licht gezet. Maggie zocht oogcontact met Floor en wees vragend naar de plek waar Keld was verdwenen. Haar vriendin maakte een wegwerpgebaar, sloot haar ogen en liet zich door de muziek wegdragen. Ook Solo ging helemaal op in de set van zijn dochter en Maggie besloot hetzelfde te doen. Morgen zou ze haar best gaan doen voor Frank en uitzoeken hoe ze hem kon vrijpleiten. Waarschijnlijk kon ze het beste beginnen bij zijn hulp Maria. Zij leek vanochtend wel veel over hem te weten. En morgen ging Keld haar ook nog uitleggen wat er speelde. Alles morgen, maar nu wilde ze eerst opgaan in de magie van de trance. Maggie pakte de hand van haar vriendin en met gesloten ogen liet ze zich als een vlinder fladderend door de muziek leiden.

Hoofdstuk 18

'De snee lijkt goed te helen,' zei Frank en hij duwde de zwarte haren van Max opzij. De hond lag gedwee met zijn kop op zijn schoot en hij verroerde zich niet. 'Precies waar dat snoer om zijn hals heeft gezeten, is het nog een beetje open. De rest ziet er rustig uit.'

Javier schudde zijn hoofd. 'Ongelofelijk. Wie doet nou zoiets? Een hond vastbinden aan een boom en dan voor dood achterlaten?'

'Daar heb ik vannacht natuurlijk ook de hele tijd over nagedacht,' antwoordde Frank en hij aaide aandachtig Max' ruwe vacht. Hij was gisteravond zo opgelucht geweest toen ze hem eindelijk achter het riviertje hadden gevonden. Totaal uitgeput en uitgedroogd lag hij met een te kort snoer aan een boom vastgebonden. Hij had daar zeker vijftien uur gelegen en was helemaal schor van het blaffen. Maar nog steeds reageerde hij opgewekt en hij was meteen opgesprongen toen ze hem ontdekten. 'Ik denk dat iemand mij angst aan wil jagen.'

'U bang maken?' herhaalde Maria en ze schonk voor

de tweede keer een rondje koffie in. 'Waarom in godsnaam?'

Ze was net als Javier vannacht op de haciënda blijven slapen. Frank had eerst hardnekkig geprotesteerd en geroepen dat hij het prima alleen afkon, dat het hun weekend was en dat ze gewoon naar huis moesten gaan. Maar ze hadden allebei niet naar hem geluisterd. Hij vond het nu wel erg prettig dat ze in de buurt waren. Dan konden ze tenminste samen de bizarre situatie bespreken, want alleen kwam hij er maar niet uit.

'Ja, die vraag blijft ook maar door mijn hoofd spelen,' zei Frank en hij duwde Max zacht van hem af. Zijn lichaam werd te warm op zijn schoot. Zelfs zo 's ochtends vroeg was het al dik dertig graden.

Alle drie zwegen ze en ze volgden met hun blik Max op zijn snuffeltocht langs de veranda. De hond liep kwispelend rond en hij genoot zichtbaar van zijn herwonnen vrijheid.

'Ze hebben Max verstopt om vrij spel te hebben in de schuur,' verbrak Javier de stilte. Hij roerde bedachtzaam in zijn koffie. 'Zonder hem hadden ze alle tijd om daar die posters neer te leggen. Ik was gewoon aan het werk bij de olijfbomen en Maria... jij was toch binnen aan het schoonmaken?'

Ze knikte en deelde de nog warme churros rond. 'Ik heb echt niets gemerkt en ook helemaal niets vreemds gehoord.'

Frank nam twee churros van haar aan en blies over

de gefrituurde deegrepen heen. De poedersuiker stoof op. Inmiddels kon hij het typische Spaanse ontbijt echt waarderen. Voor hem was de zoete smaak altijd een troostend begin van de dag.

'Ik ook niet. Alleen kon ik op een gegeven moment Max nergens meer vinden,' zei Frank en hij nam een grote hap.

'Heeft u de politie hier eigenlijk al over gebeld?' vroeg Javier. Een flinke scheut melk verdween in zijn koffie. Hij klaagde altijd dat Maria's koffie te sterk was.

Al kauwend schudde Frank zijn hoofd. 'Nee, ze zouden toch maar denken dat ik het verzon om mijzelf vrij te pleiten. Hebben die geüniformeerde idioten jou trouwens nog gebeld over dat telefoontje van Vonstern? Over die kapotte sproei-installatie?'

'Ja en dat heb ik u gisteravond ook al gezegd, toen ik u bij het café kwam ophalen,' reageerde Javier verbaasd en hij keek hem onderzoekend aan.

'Oh ja, dat is waar Javier, sorry. Ik was toen niet meer zo scherp. Er spelen ook zo veel gedachten door mijn hoofd,' zei Frank. Hij goot zijn koffie bijna in een slok naar binnen. 'Ik heb duidelijk wat cafeïne nodig. En die Vonstern beweerde toch dat niemand van zijn landgoed ons had gebeld?'

'Sterker nog,' zei Javier en hij boog zich over de tafel heen, 'toen ik hem gisteren belde zei hij dat hij die vrijdagavond totaal verrast was door uw komst en dat hij uw aanrijroute dwars door de velden nogal vreemd vond. Bovendien zat u onder de bloedachtige vlekken.'

'Nou ja,' mompelde Maria en ze veegde de poedersuiker van haar lippen. 'Als hij dat tegen de politie heeft gezegd, heeft dat natuurlijk ook niet echt geholpen. Ik zei toch dat u toen niet weg had moeten gaan.'

'Maria, je hebt gelijk, zoals altijd,' zei Frank. Hij pruilde met zijn lippen en hij keek alsof hij baalde. 'Ik had achteraf gezien niet moeten gaan, maar Rudolph en Tim hebben mij niet bewust zwartgemaakt. Dat zijn echt prima kerels.'

'Ja, dat denk ik ook. Maar wie dan wel?' Javier depte met zijn zakdoek het zweet van zijn voorhoofd. 'Zouden het die gasten van Fantasy Gardens zijn? Sinds u de tuin van Doutzen Kroes heeft gedaan, zijn ze gek van jaloezie. Dat zijn echt geen lieverdjes hoor.'

Frank schoot in de lach. 'Die domme vleeshompen? Die kunnen nog niet eens een plan bedenken, laat staan uitvoeren.'

Maria lachte niet mee. Ze veegde met beide handen de kruimels van tafel. 'Denkt u niet dat het iemand is uit uw oude leven?'

De vraag bleef in de lucht hangen. Ze was nog nooit eerder over zijn beruchte jaren begonnen en ze durfde hem nu duidelijk ook niet aan te kijken. Ze concentreerde zich op het laatste vlekje op het tafelblad. 'Misschien iemand van het gokken of uit de drugswereld?'

Frank wreef over zijn trekkende litteken. 'Dat klinkt inderdaad een stuk logischer en dat waren allemaal geen fijne jongens. Maar dat is ook alweer vijftien jaar geleden. Die donkere tijd heb ik echt ver achter mij gelaten. Dat weet jij ook.'

'Ja, ik wel,' zei Maria zacht en ze keek hem ineens recht aan. 'Maar weten zij het ook?'

Weer was het even stil aan de tafel. Ook in de tuin was behalve het getjirp van de krekels geen geluid te horen. Meestal waaide het 's ochtends vroeg wel een beetje maar het was nu compleet windstil. De tuin was bevreemdend bewegingloos, zelfs de bladeren verroerden zich niet.

'Het lijkt alsof de natuur zijn adem inhoudt,' zei Frank en hij veranderde opzichtig van onderwerp. 'Zou er eindelijk een weersverandering aankomen?'

Het was niet eens dat hij niet over die tijd wilde praten en hij schaamde zich ook niet voor die jaren. Nadat hij alles had verloren, was hij zwaar depressief geworden en had zijn toevlucht in drugs en de gokfeesten gezocht. Dat was zijn manier geweest om met het rouwen om te gaan. Niet ideaal, maar de pijn was gewoon te groot geweest. Dat hij zichzelf er weer had uitgetrokken, was echt een wonder geweest. Maar naar spoken uit zijn verleden zoeken, had geen zin. Het was te lang geleden en echt verleden tijd.

Maria begreep zijn hint en pakte de krant van tafel. 'Kijk, ze waarschuwen voor een grote storm. Morgenmiddag. Code geel.'

Javier boog zich over het voorpagina-artikel en hij

las de conclusie voor. 'Maandag zal rond het lunchuur een lagedrukgebied het eiland belagen. De storm kan orkaankracht aannemen en naar verwachting zullen de windsnelheden oplopen tot honderveertig kilometer per uur. Bovendien kan op sommige plekken meer dan tien centimeter regen vallen.'

'Heb je maanden niets en dan ineens de zondvloed,' mopperde Maria en ze verzamelde de borden en kopjes op het dienblad. Ze bleef met het blad in haar handen staan en even leek ze Frank nog iets te willen zeggen, maar ze liep vervolgens zwijgend door naar de keuken.

'Kom Javier, nu je hier toch bent, kunnen we maar beter aan het werk gaan,' zei Frank. Hij schoof zijn stoel naar achter, pakte zijn stok en hij duwde zich omhoog. 'Wat kunnen we vandaag nog doen om morgen de schade van de storm te beperken?'

Javier trok de pet op zijn hoofd recht en hij stapte de veranda af. 'Denk dat we moeten beginnen met het opbinden van de bougainville. En misschien kunnen we alvast wat dood hout uit de vijgenbomen zagen.'

Samen liepen ze naar het veld achter de olijfbomen. Max draaide enthousiast om hen heen. Met een stevig touw bonden ze de bloemen bijeen en ze maakten met een schep afwateringsgleuven langs de lavendelvelden. Als deze planten ineens veel water kregen, konden ze acuut gaan schimmelen.

Ze werkten zwijgend naast elkaar en Frank genoot

van de rust. Zijn handen zaten onder de aarde en het zweet droop langs zijn rug, maar hij kon zich niet voorstellen ergens anders dan op deze plek te willen zijn. Het politieverhoor, de nare actie met Max en de met opzet achtergelaten posters verdwenen uit zijn gedachten. Alleen het beeld van Maggie in haar witte jurk midden op zijn terrein, kreeg hij maar niet uit zijn hoofd. Wat was ze toch bijzonder met haar vlammende haren en zachte trekken in haar gezicht. Waarom had ze hem destijds nou zo verraden? Na al die jaren kon hij eigenlijk nog steeds geen bevredigend antwoord op die vraag bedenken.

Zijn gedachten werden verstoord doordat Max op hem af kwam gerend, tegen hem op sprong en hij bijna zijn evenwicht verloor. 'Hee boef, rustig aan. Je baas is geen twintig meer.'

Max blafte en hij bleef dicht bij Frank staan. Frank voelde een kriebel in zijn buik en keek het zandpad af, maar zag Maggie helaas niet opnieuw tussen de velden staan. Hij boog zich naar voren, aaide zijn hond en vroeg zonder een antwoord te verwachten. 'Braaf beest, waarom blaf je nou toch zo hard?'

Ook Javier was gealarmeerd en kwam het veld uitlopen. 'Wat is die hond ineens zenuwachtig.'

'Het is oké, er is niets aan de hand,' probeerde Frank Max al aaiend te sussen, maar de hond bleef maar door blaffen. Frank keek Javier aan. 'Ik heb echt geen id wat er met hem aan de hand is.'

Javier draaide ineens zijn hoofd naar rechts. 'Ruikt u ook die sterke brandlucht?'

En nog voordat Frank kon antwoorden, zagen ze allebei een rookwolk boven de bomen uitkomen.

'Verdomme, daar op de weg staat iets in de fik,' riep Javier en zonder om te kijken rende hij het pad af. Max racete achter hem aan.

Al hinkend en leunend op zijn stok, probeerde Frank de twee bij te houden. De geur van brandende benzine werd steeds sterker. Door de bomen heen, zag hij grote vlammen omhoogschieten. Hij liep zijn terrein af en in de hoek van de weg raasde een gigantische vuurzee. Zelfs de olie op het wegdek stond in lichterlaaie. Met veel moeite probeerde hij zijn pas te versnellen.

'Kun je zien wat het is?' riep Frank over het geknetter van het vuur heen.

Javier draaide zich om en maakte van zijn hand een toeter. 'Een motor.'

Frank kwam strompelend dichterbij. De warmte van de vlammen sloeg in zijn gezicht. 'Fuck, dat ding is frontaal tegen de rotsen gebotst. Waar is de bestuurder?'

'Geen idee,' riep Javier en hij keek jachtig om zich heen. 'Kan ook niets vinden!'

Ineens schoot Max langs het vuur naar de afgrond en begon weer luid te blaffen. Javier liep achter hem aan en hij keek over de rand naar beneden. 'Hij ligt hier.'

Slepend met zijn been kwam Frank dichterbij. Twee

meter lager hing een man gekleed in spijkerbroek levenloos in een boom. Het bloed schoot naar zijn hoofd en Frank hapte naar adem. 'Godverdomme, dat ziet er heel slecht uit. Heb je je mobiel bij je?'

'Nee, nooit eigenlijk,' zei Javier hijgend en hij probeerde over de rand naar beneden te klimmen.

Frank pakte hem bij zijn schouders. 'Laat dat. Ren naar huis. Jij kunt dat veel sneller dan ik.'

'Ik kan die vent hier toch niet laten hangen,' riep Javier bijna briesend.

'Dat doe je ook niet,' zei Frank op dwingende toon, maar zijn benen trilden. 'Ik ben hier. Ik heb ook geen mobiel en we moeten zo snel mogelijk 112 bellen. Natuurlijk voor de ambulance maar ook de brandweer. Man, kom op, we kunnen het risico niet lopen, dat...'

'Dat het vuur overslaat op het bos,' maakte Javier zijn zin af. 'Je hebt gelijk. Levensgevaarlijk. Alles is kurkdroog. Ik ga en...'

Nog voordat hij zijn zin af had, begon de kleine Spanjaard al te rennen. Als een bezetene vloog hij dwars door de velden terug naar het huis.

Een soort vuurbal schoot uit de motor en Frank sprong opzij. Piepend stond Max naast hem en keek hem vragend aan. En voor het eerst in zijn leven had Frank geen flauw idee wat hij moest doen.

Hoofdstuk 19

'Ik steek mijn hand voor hem in het vuur,' zei Alonzo met een gewichtige stem. Hij nam een grote slok van zijn koffie en vlokjes melkschuim bleven in zijn snor hangen. 'Het is echt een gouden gast en...'

'Een stille Willie dat wel,' vulde Fidel zijn broer in zwierig Engels aan, 'maar met een diamanten hart.'

De twee broers zaten naast elkaar op een bank voor de kantine. Ze hadden zeker al een kwartier vol lof over Frank gepraat. Toen Maggie vanochtend van Maria Alonzo's nummer had gekregen en zij de mannen direct had gebeld, wilden de twee onmiddellijk een afspraak maken. Alsof ze hadden staan wachten totdat iemand ze eindelijk zou vragen iets aardigs over Frank te vertellen.

Alonzo boog zich naar haar toe en hij keek haar recht aan. 'Nogmaals, ik kan niet geloven dat hij betrokken is bij die moorden. Het is echt de grootste onzin. Dat is het. Wijfie, je had zijn gezicht moeten zien toen we hem vertelden over de dood van het eerste meisje. Helena of zo.'

‘Heleen,’ verbeterde Fidel zijn broer en achteloos speelde hij een voetbal rond.

‘Heleen, Helena, wat maakt het uit,’ reageerde Alonzo geïrriteerd en hij hield de bal tegen. ‘Wat ik wilde zeggen, is dat hij zich echt doodschrok. Hij werd zo wit als een laken.’

‘Precies, zo wit als een laken,’ herhaalde Fidel. Met veel armgezwaai imiteerde hij Franks verbaasde reactie. ‘Weet je, die gast is superloyaal. Staat hier elke zaterdag braaf te coachen. Voor noppes hè. Die kerel doet nog geen vlieg kwaad.’

Alonzo knikte met zijn broer mee. ‘Ook altijd een heer geweest op het veld. Hij speelde vroeger bij Barça, wist je dat?’

Maggie knikte en wilde uitleggen dat ze hem toen ook al kende maar de broers gaven haar geen ruimte.

‘Een grootse voetballer. Hij kon dribbelen met de bal, zoiets had ik nog nooit gezien,’ ging Fidel verder en hij raakte nu echt op dreef. ‘En die vrije trappen… *beauties* waren het, stuk voor stuk. Die gast beloofde de nieuwe Johan Cruijff te worden. Hij had zijn hele toekomst voor zich. En door een of andere stomme dronken muts die hij uit zee moest redden, ging alles naar de knoppen.’

Maggie slikte en ze voelde de tranen prikken. Nee, niet nu gaan janken, sprak ze zichzelf toe. ‘Heeft hij dat jullie zo verteld?’

'Euh?' zeiden de broers in koor en stomverbaasd keken ze haar aan.

'Ken jij hem eigenlijk wel?' vroeg Alonzo achterdochtig en hij bestudeerde haar gezicht.

'Ja,' zei Maggie en ze kneep van spanning haar handen samen. 'Al best lang eigenlijk.'

'Nou dan weet jij ook dat hij daar nooit over praat,' zei Fidel bozig. 'Die brave borst heeft zijn lot altijd geaccepteerd. Hij klaagde nooit!'

Maggie keek naar de grond en ze schoof met haar slippers door het zand. Het gevoel van schuld dat ze jarenlang had genegeerd, liet zich hier langs het voetbalveld niet langer meer verdringen en nestelde zich in haar hele lichaam. Door elke zenuw en door iedere ader stroomde nu het ondragelijke besef dat door haar fout Franks leven was verwoest. Als zij niet zo impulsief en zelfzuchtig was geweest, had hij de wereld kunnen veroveren. Nu was hij slechts een schim geworden van wie hij had kunnen zijn. En door dit inzicht leek haar lichaam ineens vijftig kilo zwaarder te worden. Totaal energieloos staarde ze leeg voor zich uit.

'Hee dame, gaat het wel?' Alonzo's stem klonk een stuk vriendelijker en hij legde een arm om haar heen. Zijn zweterige huid plakte op haar vel. 'Maak je je zorgen over hem? Hij redt het wel hoor. Ze hebben hem natuurlijk niet voor niets weer vrijgelaten.'

Maggie schoot omhoog. 'Is hij vrij? Sinds wanneer?'

Fidel keek haar vragend aan. 'Wist je dat niet? Juist jij zou dat toch moeten weten!'

'Nee, geen idee. Waarom hebben jullie dat niet gezegd?'

Alonzo keek haar met grote onschuldige ogen aan. 'Iedereen weet dat toch? Het hele eiland heeft het erover. En jij als zijn advocaat moet dat helemaal weten.'

'Zijn advocaat? Waarom denken jullie in godsnaam dat ik zijn advocaat ben?' vroeg Maggie en zonder op antwoord te wachten, stond ze op. 'Ik kom hier als een vriendin. Een bekende van Frank, een kennis dus. Dat betekent toch *consejero*...?'

Met een brede glimlach brak Fidels ronde gezicht in tweeën. 'Ah schatje. Consejero betekent advocaat. Bekende is in het Spaans *conocido*. Misschien was dat de verwarring?'

En alsof er ergens een teken werd gegeven, schoten de broers tegelijk in de lach.

'Serieus een Babylonische spraakverwarring,' zei Maggie verontschuldigend en ze voelde zich opmerkelijk vertrouwd bij dit temperamentvolle duo.

'Ik denk dat als Frank dit hoort, hij erin blijft,' zei Fidel en hij pakte zijn mobiel. 'Ik bel hem even.'

Maggie maakte een afwerend gebaar. 'Nee, nee, laat maar. Ik rij meteen naar hem toe. Dan kan ik hem met het verhaal verrassen.'

Fidel haalde zijn schouders op. 'Wat je wilt. Het is maar drie minuten rijden hè.'

En in een onverstaanbare waterval van Engelse en Spaanse woorden wilden de broers haar uitleggen hoe ze het snelst naar Franks haciënda kon rijden. Ze waren het hoorbaar niet met elkaar eens en al gebarend probeerden ze vooral elkaar te overtuigen van de kortste route.

'Kan ik niet gewoon hier de hoek om naar links en dan een hele tijd rechtdoor totdat je bij die scherpe bocht bij de rots komt?' vroeg Maggie boven het verbale geweld uit.

De broers vielen stil en ze keken haar verbouwereerd aan.

'Tja, tegen zo veel vrouwelijk pragmatisme kunnen we niet op,' zei Alonzo en hij draaide scherpe punten aan zijn snor.

'Mijn broer bedoelt dat je helemaal gelijk hebt,' zei Fidel en hij gaf haar een stevige hand. 'Doe el espiritu blanco de groeten van ons.'

Ze keek hem vragend aan. 'El espiritu blanco?'

'De witte geest, zo noemden ze señor *De Wit*. Hij kon zich op het veld zo vrij als een geest bewegen,' mijmerde Fidel. 'Schitterend was het.'

Maggie wilde ook Alonzo een hand geven maar als reactie omhelsde hij haar.

'Zo doen we dat op Ibiza,' zei hij tevreden. 'Vrienden van vrienden zijn ook onze vrienden.'

Maggie zwaaide naar de broers en ze rende bijna naar haar Fiat. Nog niet één keer sinds haar vertrek uit Ibiza zeventien jaar geleden, had ze zo sterk gevoeld dat ze het goed wilde maken met Frank. De schuld woog te zwaar. Ze wilde alle pijnlijke herinneringen benoemen, samen de kleinste, verdrietige details bespreken en dan misschien wel alles voor altijd begraven.

Ze startte de auto en reed ver boven de toegestane snelheid naar Franks huis. De zo vertrouwde velden vol klaprozen en lage muurtjes schoten voorbij. Hier was ze zo gelukkig geweest. Op dit eiland hadden ze samen in een roze wolk geleefd. Frank was haar alles geweest. 's Ochtends als ze in zijn armen wakker werd, begon de dag al op een hoge frequentie. Zelfs zonder te praten, wisten ze elkaars wensen. Waarom had ze die liefde zo verraden? Wat had haar bezield?

Nog harder reed ze over de smalle weg naar zijn huis. Ze had zich eigenlijk nooit meer bij iemand anders zo veilig gevoeld. Zelfs haar liefde voor Sam haalde het niet bij de diepe zielsverwantschap met Frank. Ze was zo arrogant geweest te denken dat Frank haar egoïsme niet zou doorzien en haar leugens niet zou opmerken. Zelfs toen alles uitkwam, koos hij nog voor haar. En als dank vluchtte zij van hem weg. Te laf om de gevolgen van haar acties onder ogen te kunnen zien.

Ze reed nu bijna vol gas de berg op en de kiezels schoten onder haar banden weg. Vlak voor de scherpe bocht zag ze ineens grote rookpluimen boven de pijnbomen uitstijgen. Ze trapte vol op de rem, slippend schoot ze de bocht om en net op tijd kwam ze voor een vuurzee tot stilstand. Verstijfd bleef ze zitten en haar handen leken vastgesmolten aan het stuur. Ze ademde kort en gehaast. Haar borst leek samengedrukt te worden.

Vanachter de rookwolken rende een hond blaffend op haar auto af. Haar eerste reactie was om meteen de deur op slot te drukken, maar toen hij vlak naast haar stond, herkende ze ineens zijn rode halsband. Met trillende beenspieren stapte ze uit de auto en aaide Franks hond over zijn rug.

'Brave hond, waar is je baasje?' vroeg ze en ze keek hijgend om zich heen. 'Vertel eens? Wat is hier gebeurd?'

Max bleef blaffen, liep terug naar de brand en Maggie besloot hem te volgen.

'Frank?' riep ze over het geluid van de vlammen heen. 'Frank, ben jij hier ook?'

De hond bleef aan de rand van een afgrond staan en Maggie keek naar beneden. In een eerste reflex stapte ze naar achter, gleed uit en viel op haar rug. Vloekend haalde ze de steentjes uit haar schaafwonden en krabbelde weer op.

'Maggie?' hoorde ze een stem van over de rand komen. 'Help. Mag. Help!'

Op handen en voeten kroop ze naar de afgrond en liggend op haar buik keek ze opnieuw naar beneden. En daar een halve meter lager hing Frank, steun zoekend aan een afgebroken tak.

'Jezus, wat doe jij hier?' riep ze naar beneden en ze strekte haar handen naar hem uit. Hij duwde zijn stok naar boven en Maggie probeerde hem omhoog te trekken. 'Dit is te zwaar, ik krijg je nog geen centimeter naar boven.'

'Nee, dat hoeft ook niet. Jij moet juist veilig naar beneden glijden. Langs de stok,' zei Frank en hij wees verder het dal in.

Nu pas zag Maggie tussen de bomen een man in een spijkerbroek en met een helm op, in een onnatuurlijke houding liggen. 'Wie is dat?'

'Geen idee. Die brandende motor is van hem,' antwoordde Frank en hij probeerde verder naar beneden te glijden.

'Nee, wacht, wat ga je doen?'

'Die gast bevrijden natuurlijk.'

'Dat lukt ons nooit met zijn tweeën,' riep Maggie en de rook sloeg op haar stem. Door haar droge keel deed het praten pijn. 'Heb je 112 al gebeld?'

'Dat doet Javier in het huis, we hadden hier geen mobiel. Het duurt alleen wel erg lang. Misschien is hij onderweg gevallen of zo.'

Maggie viste haar mobiel uit de achterzak van haar korte broek. Shit, weer een anoniem bericht. Ze negeerde het, klikte het weg en ze belde het noodnummer. In gebrekkig Engels maakte de telefoniste haar duidelijk dat de ambulance en een blusvliegtuig al onderweg waren.

'Ze komen eraan,' riep Maggie tegen Frank. Ze deed haar haren in een staart. 'Maar ik kom je helpen.'

Ze draaide zich om en gleed op haar buik langs de steile wand naar beneden. Haar T-shirt kroop omhoog en takjes en stenen schuurden over haar blote buik. Ze klemde haar kaken op elkaar om de pijn niet te voelen.

'Hier, pak mijn hand,' zei Frank.

Nog voordat ze naar zijn hand kon reiken, had hij haar arm al beet. Het leek alsof door de adrenaline haar zintuigen scherper werden en ze voor de volle honderd procent op aan stond. De stevige greep van zijn ruwe vingers leek haar huid te brandmerken.

'Dank je,' fluisterde ze bijna en ze zakte voorzichtig verder naar beneden. Met haar slippers zocht ze steun in de gaten van de wand. Net toen ze grip had gevonden en haar gewicht op haar rechtervoet verplaatste, schoof haar slipper weg en gleed ze naar beneden.

'Ik heb je nog,' riep Frank. In een krachtige beweging trok hij haar naar zich toe en pakte haar middel stevig vast. Hun gezichten waren nog geen tien centimeter van elkaar vandaan. Maggie voelde de warmte van zijn ademhaling en zag zijn krullen oplichten in de zon. Hij veegde een pluk van haar voorhoofd.

'Je hebt hier wat bloed,' zei hij met schorre stem en hij depte behoedzaam haar onderlip. 'Misschien van de schrik op je lip gebeten.'

Zijn vinger volgde de omtrek van haar lip en ze kon

alleen maar denken aan zijn mond. Aan zijn tong langs haar tanden en zijn warme lippen op haar tintelende huid.

'Kus me,' zei ze zo zachtjes dat het onwaarschijnlijk leek dat hij haar had gehoord. Maar hij pakte haar kin, tilde die iets omhoog en heel licht raakten zijn lippen haar wang.

'Mag,' fluisterde hij in haar oor, 'ik heb je...'

'Help me,' klonk plotseling een heel zwakke stem. En alsof ze beiden meteen weer in de realiteit schoten, handelden ze acuut.

'Ik zak verder naar beneden, naar de boom,' riep Maggie en haar stem had weer aan kracht gewonnen. 'Ik ben mobieler dan jij.'

Frank ging gelukkig niet met haar in discussie, maar begeleidde haar met zijn stok naar beneden.

'We komen eraan,' schreeuwde hij naar de man.

Nu op blote voeten, ging het afdalen veel makkelijker en Maggie stond al snel naast de boom.

'Ik ben er,' riep ze naar de bestuurder die boven haar hing. Zijn spijkerbroek was nog intact maar zijn hemd was aan flarden gescheurd. Een bebloede arm hing levenloos over een tak.

De man reageerde niet en zonder verder na te denken, klom Maggie tegen de stam op. De ruwe bast van de oude naaldboom zat onder de hars maar was makkelijk te beklimmen. Ze kwam twee meter hoog en raakte net het been van de man aan.

'Gaat het?' vroeg ze en ze keek omhoog of ze hem zag bewegen. 'Meneer?'

Maar de man bleef roerloos hangen. Wel zag ze nu zijn helm veel beter. Met grote witte letters stond DJ DOOM op de achterkant geschreven.

'Shit, het is Keld,' riep ze omhoog naar Frank.

'Wat zeg je?' schreeuwde hij terug.

'Keld, je weet wel, Dj Doom.'

'Fuck,' hoorde ze Frank roepen, maar de rest van zijn zin was onverstaanbaar door de aanzwellende sirenes.

'Eindelijk,' fluisterde ze voor zich uit. Ineens voelde ze hoe zwaar haar armen waren en de spieren in haar benen begonnen te trillen. Ze gleed langs de stam naar beneden en zittend tegen de boom wachtte ze op de komst van de hulpverleners.

Hoofdstuk 20

Frank klauterde de ambulance uit en hij hinkte achter de brancard aan naar de spoedeisende hulp. In zijn ooghoek zag hij Maggies Fiat de parkeerplaats oprijden.

'Snel, deze vent bloedt dood,' moedigde hij de ziekenbroeders aan. Niet dat het nodig was. Het zweet stond op de ruggen van de twee brede kerels en ze sprintten met de brancard de ziekenhuisgang in.

En in seconden die minuten leken, werd de grijze, bewusteloze Keld overgeheveld op een ander bed en een operatiezaal ingereden. Twee verpleegkundigen droegen Kelds zuurstofkapje en infuus mee naar binnen. De broeders praatten in rap Spaans een toegesnelde jonge arts bij.

Frank kon het niet letterlijk volgen maar hij begreep 'buiten bewustzijn' en 'interne bloedingen' en hij zag de zorg in de ogen van de arts groeien. De broeders knikten naar Frank. Ze liepen snel langs hem heen terug naar buiten.

'Ik ken hem persoonlijk,' zei Frank en hij gaf de arts een hand. 'We zijn al jaren vrienden.'

De arts keek gejaagd. 'Heeft hij familie?'

'Nee, niet op het eiland,' antwoordde Frank vlug. 'Hij heeft de Deense nationaliteit.'

'Allergieën?'

Frank schudde zijn hoofd. 'Niet voor zover ik weet.'

'Is hij verder gezond?'

'Superfit.'

'Oké, wacht u hier,' zei de arts en hij wees op een kleine wachtkamer. 'We moeten opereren. Het kan wel even gaan duren. Maar we doen ons best.'

En nog voordat Frank zelf een vraag kon stellen, verdween de man net zo snel weer door de klapdeuren als hij gekomen was. De gang was ineens angstaanjagend stil.

Frank zakte in een stoel en hij liet zijn hoofd op zijn handen rusten. Een diep gevoel van vermoeidheid overviel hem en ademen kostte hem plotseling moeite. Zo zou het waarschijnlijk voelen als je tachtig was en je lichaam niet meer bleek mee te werken.

Hij wreef over zijn slapen en probeerde zijn ademhaling tot rust te brengen. Maar nog voordat hij zich weer ontspannen voelde, schoven de deuren open. De warmte overspoelde de gang.

'Waar is hij? Is hij oké?' Maggie stormde op blote voeten naar binnen. Haar haren waren totaal verwilderd en haar lichaam leek geverfd door de rode aarde.

Ze zag eruit als een van de hoofdrolspelers uit een *Mad Max*-film.

‘Hij wordt de komende uren geopereerd,’ zei Frank. ‘Ga zitten.’

Nu pas voelde hij hoe droog zijn mond was en hij liep naar de automaat. ‘Wil je iets drinken? Water?’

Maggie knikte en ze ging op de stoel naast hem zitten. ‘Wat denk je?’

‘Of hij het gaat halen?’ vroeg Frank en hij reikte haar een fles water aan. ‘Eerlijk?’

Maggie knikte weer.

‘Het is kantje boord. De arts keek nogal bezorgd.’

Maggie wreef met beide handen over haar gezicht en ze zuchtte diep. ‘Wat een geluk bij een ongeluk dat hij zo dicht bij jouw huis crashte.’

Frank ging naast haar zitten. ‘Geluk? Het is maar hoe je het bekijkt. Die vent ligt volledig in de kreukels.’

Maggie nam een grote slok en hij zag dat haar lippen volledig waren verbrand. Ze leek het niet te merken en praatte zachtjes verder. ‘Ken je hem eigenlijk goed?’

‘Inmiddels wel ja. Eerst als vrienden uit het partycircuit, maar dat ging niet heel diep. De laatste jaren zien we elkaar veel vaker. Hij fotografeert meestal de tuinen die ik ontwerp. Doet hij goed. Vanochtend stuurde hij nog een sms, dat hij iets wilde bespreken. Hoe ken jij hem eigenlijk?’

Ze antwoordde niet maar wreef over haar voetzolen. ‘Oei, die doen pijn zeg.’

'Laat mij maar even,' zei Frank. Aandachtig bestudeerde hij de wondjes in haar voeten en plukte er wat kiezelsteentjes uit. De handeling voelde intiem, bijna erotisch. Hij wilde haar voeten zo graag strelen. Eigenlijk wilde hij haar nooit meer laten gaan. Maar het was onmogelijk, sprak hij zichzelf toe en hij liet haar voeten abrupt los.

'Dank je,' zei ze achteloos en ze leek de lichamelijke spanning niet eens op te merken. 'Ja, dat is best gek. Keld en ik kennen elkaar pas twee dagen, maar het is al best vertrouwd.'

Hij voelde een raar gevoel van jaloezie. Hoezo was zij vertrouwd met Keld? 'Waar hebben jullie elkaar dan ontmoet?'

'Een of ander vaag feest van Susan. Het is echt een lieve man. Gisteravond zei hij nog dat hij zou zorgen dat alles goed zou komen.'

'Wat bedoelde hij dan?' Frank reageerde kribbiger dan hij wilde. 'Wat zou goed komen?'

Maggie haalde haar schouders op. 'Geen idee. Maar ik vermoed dat hij jou wilde helpen. Volgens mij mag hij jou heel graag. Wacht, misschien heeft hij mij vanochtend ook nog een berichtje gestuurd.'

Maggie pakte haar mobiel uit haar zak en blies eerst het stof ervanaf. Ze opende daarna haar berichten en schudde haar hoofd. 'Nee, niets gestuurd. Helaas. Maar deze engerd wel.'

Ze boog zich naar hem toe en liet haar scherm lezen.

'Jij bent de volgende. Wacht maar af. Ik houd je in de gaten!'

'Bizar,' zei Frank en hij pakte haar mobiel aan. 'Van wie is dit?'

Maggie haalde haar schouders op. 'Geen idee. Een anoniem nummer. Scrol maar naar boven, er is meer.'

Hij las de berichten achter elkaar door en werd steeds bozer. 'Wie is deze eikel?'

'Wist ik het maar,' zei ze gelaten en ze pakte haar mobiel terug. 'Hij begon al in Amsterdam. Ik vind het best angstig.'

'Best angstig? Dat is nogal een understatement. Deze gast is doodeng. Heb je echt geen enkel vermoeden?'

Ze schudde haar hoofd en keek hem indringend aan. 'Weet jij het ook niet?'

'Nee, natuurlijk niet. Het lijkt erop dat deze klootzak je best goed kent. Hij is ook de hele tijd angstwekkend dicht bij je in de buurt. Is er iemand heel boos op je of zo? Is er een gast die je bang wil maken?'

Maggie reageerde niet maar bleef hem strak aankijken. Frank voelde zich onder haar indringende blik ongemakkelijk worden en schoof over zijn stoel heen en weer. De stilte hing geladen tussen hen in.

Ineens begreep hij wat ze bedoelde en sprong op. Zijn stok viel met veel gekletter op de grond. 'Hè? Je denkt toch niet dat ik...'

Ze keek weg en speelde met een lok van haar haar. 'Nou ja, niet echt, maar Floor...'

'Niet echt? Meen je dat nou serieus? Niet echt? Echt niet, verdomme!' riep hij zo hard dat een verpleegkundige verbaasd haar hoofd om de hoek stak. Hij gaf de vrouw een verontschuldigende knik en zei op zachtere toon. 'Je weet dat ik dat echt nooit zou doen.'

'Rustig maar,' zei Maggie en ze maakte een sussende beweging met haar handen. 'Je hebt natuurlijk wel een reden om boos op mij te zijn.'

Zijn bloed steeg weer omhoog en hij voelde zijn litteken trekken. 'Een reden? Wel tien redenen. *Fucking* duizend redenen.'

Hij pakte zijn stok op en stampte ermee op de grond. 'En precies op dit moment heb je mij er nog één bij gegeven.'

En zonder om te kijken, liep hij de gang in en ijsbeerde voor de klapdeuren heen en weer. Waarom kon ze hem nou toch zo raken? Verdomme, ze zat nog steeds zo diep onder zijn huid.

'Sorry Frank, ik denk ook niet dat je het hebt gedaan, maar anderen...' hoorde hij achter zich.

Hij draaide zich om en probeerde haar zo boos mogelijk aan te kijken. Hij zag dat ze ineenkromp.

'Ik heb genoeg van je sorry's,' zei hij met een kille stem, waarvan hij wist dat Maggie die vreselijk vond. Ze kon het vroeger ook al niet verdragen als hij boos op haar werd. 'Laat mij alsjeblieft met rust.'

Haar ogen werden waterig. Het leek of ze nog iets wilde zeggen maar ze draaide zich toch om en liep met hangende schouders terug naar de wachtkamer. Haar blote voeten lieten een spoor van zand achter. En ondanks alles moest hij glimlachen. Deze kleine, bijzondere vrouw kon hem in een minuut blij en boos maken. Misschien was dat wel echte zielsverwantschap. Dat iemand je meteen diep in je emoties kon raken. Maar goed, het maakte niets meer uit. Hij zou het nooit meer kunnen uitspreken, ze was gelukkig getrouwd en hij wilde haar leven niet verwoesten. Al deed zij haar best dat andersom wel te doen. Verdomme, nu verdacht zij hem zelfs van stalking.

Frank ging zitten en probeerde zijn ademhaling te neutraliseren. Zijn litteken prikte nog steeds. Ze bedoelde het vast niet zo, sprak hij zichzelf toe. Ze was gespannen, net als hij. Ze waren allebei moe en opgefokt. Eigenlijk schaamde hij zich voor zijn uitbarsting. Uitpraten was beter, maar nu nog niet. Eerst moest ze maar even goed balen van wat ze had durven beweren.

Een oudere vrouw, traditioneel in het zwart gekleed, werd door een broeder in een rolstoel door de gang gereden. Ze kletste uitgebreid over de storm die morgen over het eiland zou razen en vertelde dat haar schoonzoon gelukkig nog de luiken had dichtgedaan. De broeder reageerde in onverstaanbaar dialect en zij lachte hardop. De twee brachten de warme, Ibiziaanse sfeer onverwacht terug in de kille ziekenhuisgang. Sinds zijn eigen ongeluk was Frank hier niet meer terug geweest. Weken had hij moeten revalideren en hij had toen gezworen nooit meer een voet over deze drempel te zetten. Nu stond hij hier ineens weer, voor zijn vriend die misschien hetzelfde proces ging doormaken. Als hij geluk had tenminste.

Plotseling rende Maggie de hoek om en botste bijna tegen de oude vrouw op. Ze excuseerde zich uitvoerig en liep snel door naar Frank. Hij zag nu ineens echte angst in haar gezicht en haar handen trilden.

'Mag, wat is er?'

'Floor, belde net, het is vreselijk, Lizzy.' Maggie struikelde over haar woorden.

'Rustig ademen,' zei Frank en hij legde zijn hand op haar schouder. 'Vertel maar, ik luister.'

Maggie haalde diep adem en zei met schorre stem. 'Het is Lizzy. Ze staat nu op de posters. En ze kunnen haar nergens vinden. Echt nergens.'

Hoofdstuk 21

Maggie zag Floor al rokend bij het hek staan. Ze stopte vlak voor de ingang en sprong meteen uit de auto. Haar blote voeten brandden op het warme asfalt.

'Oh gelukkig schat, daar ben je…' zei Floor met trillende stem en ze nam een diepe hijs. Haar vlecht was half losgeschoten en haar blauwe shirt vertoonde grote zweetplekken. In haar hand hield ze een afgescheurde *death*poster met een foto van Lizzy's lachende gezicht. 'Ik sta hier helemaal alleen. Solo rijdt als een bezetene over het eiland. De politie doet niets. Ze is echt nergens, Mag, nergens.'

'Lieverd, kom hier.' Maggie omarmde haar vriendin en hield haar dicht tegen zich aan. 'Lizzy is een slimme meid. Die redt zich wel.'

Floor begon zacht te huilen en Maggie voelde haar dunne, schokkende schouders.

'We gaan haar ook zoeken. En we gaan haar echt vinden,' probeerde Maggie Floor tegen beter weten in gerust te stellen. Lizzy maakte bij deze seriemoordenaar natuurlijk geen schijn van kans. Maar dat kon ze Floor nu niet vertellen. 'Ik rij je. Waar moeten we heen?'

Floor maakte zich los uit haar omhelzing en veegde haar gezicht droog. 'Solo is de stad in, maar ik denk dat we op het platteland meer kans maken. Die andere meisjes, die...'

Floor maakte haar zin niet af, drukte haar peuk uit en ze staarde met holle ogen voor zich uit.

Maggie negeerde de ongemakkelijke situatie en praatte snel verder. 'Oké, dan gaan we via dat binnendoorweggetje naar Santa Gertrudis. Dan rijden we dwars door de velden en wie weet zien we ergens haar scooter staan.'

Spierwit in haar gezicht en leeg voor zich uit starend, stapte Floor zwijgend in de auto. Maggie draaide snel de weg op. 'Kom op, daar gaan we.'

En ze bleef tegen haar vriendin praten alsof ze tegen een van haar zonen sprak, die pijn had na een onschuldige val. Geruststellend, grapjes ter afleiding makend en ondertussen alert op verergering van de situatie.

Floor reageerde totaal niet maar tuurde geconcentreerd over de akkers, zoekend naar een hint, naar iets wat naar Lizzy kon leiden. Ze zat op het puntje van de stoel, bijna met haar neus op de voorruit en kneep zo hard in haar handen dat haar knokkels wit werden.

'Wanneer hoorde je over de posters?' vroeg Maggie nu heel direct, in de hoop zo wel Floor te kunnen bereiken. Misschien wilde ze juist wel over de verdwijning vertellen. 'Belde de politie jullie?'

Gelukkig draaide Floor zich nu naar haar toe. 'Solo zag het. Een uur geleden. Op het dorpsplein. Hij ging sigaretten voor mij halen.'

'En toen?'

'Hij scheurde de poster eraf,' zei Floor en ze liet de prop in haar hand zien. 'Hij heeft onmiddellijk de politie gebeld en is meteen naar huis gereden.'

Maggie draaide een smal zandpad op en hobbelend reden ze langs een open veld. 'En hoelang was Lizzy toen al weg?'

'Geen idee,' zei Floor en haar stem klonk vlak. 'Ik weet niet eens zeker of ze gisteravond wel thuis is gekomen. Hoe laat lagen wij in bed?'

'Niet zo laat, denk een uur of elf. Toen we uit de Space weggingen stond Lizzy nog met die vrolijke vriendin van haar te dansen. Hoe heette ze ook alweer, Joyce? Heb je haar al gebeld?'

Floor knikte. 'Ze zei dat ze Lizzy later op de avond uit het oog verloren was. Ze heeft haar nog wel van veraf met een onbekende vent zien praten.'

'Zou dat die engerd zijn geweest? Kon ze hem omschrijven?'

'Nee, alleen dat hij heel lang was,' zei Floor en ineens begon ze verwoed op een paar knoppen tegelijk te drukken. 'Hoe gaat dat fucking dak open? Het is hier zo achterlijk warm.'

Maggie schoof het dak open en draaide de airco ook nog hoger. 'Nou, dat is tenminste iets, zo veel lange mannen zijn er niet op het eiland.'

'Op één na natuurlijk!' reageerde Floor ineens ongekend fel en ze trok hard aan de deurhendel. 'Hoe gaat die shitdeur open? Ik moet eruit.'

'Zit op het kinderslot,' legde Maggie geduldig uit. Ze stopte de auto, liep eromheen en opende de deur.

'Die klootzak. Die engerd! En jij verdedigde hem nog,' gilde Floor keihard in haar gezicht, ze duwde Maggie opzij en rende het pad op.

Maggie bleef verbijsterd aan de grond genageld staan. Waar kwam deze uitbarsting ineens vandaan? Dacht Floor echt dat Frank Liz had laten verdwijnen? Ze wilde roepen: 'Je hebt ongelijk. Het kan Frank niet zijn', maar ze zag Floor vooroverbuigen. En nog voordat Maggie kon vragen wat er aan de hand was, stond Floor te kokhalzen.

Maggie liep naar haar toe en aaide over Floors rug. 'Laat maar even gaan.'

En alsof ze naar een film keek, bestudeerde Maggie van een afstand hun situatie. Twee vriendinnen, staand in de zinderende hitte, midden in een verlaten weiland en de een zo gespannen dat haar lichaam heftig weerstand bood. Bizar hoe het was gelopen. Drie dagen geleden was ze voor een rustige week hier gekomen, maar uiteindelijk was ze nu in deze nare film beland.

Floors telefoon ging af in haar zak en Maggie viste hem er voor haar uit. 'Het is Solo.'

Floor gebaarde dat zij moest aannemen.

'Hi Solo, Maggie hier, wat kut voor jullie!'

Solo mompelde iets onverstaanbaars over de politie.

'Waar ben je? Op het bureau?'

Hij beaamde het en vertelde met horten en stoten dat hij de agenten zo veel mogelijk informatie over Lizzy gaf. 'Ik vertel zelfs over haar lievelingsplekken op het eiland.'

En hij had de laatste zin nog niet uitgesproken of zijn stem brak. 'Sorry Mag.'

'Het is goed Solo, ik begrijp het. Het is heel zwaar. Ik rij nu even met Floor door het binnenland. Kijken of we iets van Liz vinden. Ik vermoed dat we over een uurtje thuis zijn.'

'Dan ben ik er ook,' fluisterde Solo. 'Tot zo Mag. Wees lief voor Floor.'

Maggie ondersteunde haar vriendin naar de auto en zette haar voorzichtig terug in de stoel. Ze veegde met een strandhanddoek Floors gezicht schoon, deed haar haar in een staart en gaf haar een stukje kauwgom.

'Zo, dat voelt misschien weer iets beter,' zei ze en ze gaf Floor een kneepje in haar hand. 'Het is niet erg. Ik begrijp het wel.'

Floor keek niet op maar fluisterde bijna onhoorbaar: 'Dank je.'

Het leek Maggie beter maar even niet meer over

Frank te beginnen en zo reden ze zwijgend verder naar Santa Gertrudis. Bij elke grote boom die ze passeerden, kneep Maggies buik samen. Ze was als de dood om Lizzy ergens bungelend aan een tak te zien hangen. En ze vroeg zich af of Floor hetzelfde zou voelen. Maar haar vriendin leek verdoofd en zat doodstil naast haar. Pas bij de ingang van het dorp begon ze weer te praten.

'Kun je mij even bij de kerk afzetten?' zei ze ineens verrassend helder. 'Ik wil een kaarsje branden voor Liz.'

'Natuurlijk schat. Zal ik meelopen?'

'Denk dat ik liever even alleen wil zijn,' zei Floor verontschuldigend en ze legde haar hand op Maggies arm. Haar huid voelde koud aan. 'Hoop niet dat je het erg vindt.'

'Nee gek, natuurlijk niet,' zei Maggie en ze parkeerde in de schaduw van een plataan, precies voor de ingang van het witte kerkje. 'Ik ben al blij dat ik je chauffeur kan zijn. Dan kan ik in ieder geval ergens mee helpen. Ik voel mij zo machteloos.'

'Ik ken het gevoel,' zei Floor. Ze deed haar grote zonnebril op en stapte uit. Voorovergebogen liep ze slof-fend naar de grote houten deur. Niets aan deze slanke vrouw deed Maggie meer denken aan de jolige vriendin die haar twee dagen geleden van het vliegveld ophaalde. In achtenveertig uur tijd was ze een oude vrouw geworden.

Maggie pakte haar tas onder het dashboard vandaan.

Ze moest Sam bellen. Eigenlijk had ze het al te lang uitgesteld maar nu kon ze niet langer meer voor hem verbergen wat er allemaal was gebeurd. Ze wilde hem nu alles vertellen.

'Shit,' riep ze hardop toen ze zag hoeveel gemiste oproepen ze had. Sam had haar zeker tien keer geprobeerd te bellen. En een onbekend nummer uit Ibiza ook nog een paar keer. Stom dat ze haar mobiel op stil had gezet. Eerst Sam.

'Hee schat, zitten jullie lekker aan de lunch?'

'*Damn,* waarom heb je mij niet teruggebeld? Ik probeer je al een uur te bereiken. Floor belde en ze vertelde over de posters, over Frank, het stalken en dan nu Lizzy. Wat vreselijk. En waarom moet ik dat allemaal van haar horen? Je had mij echt...'

'Sam, stil nou even,' onderbrak Maggie haar man. Ze veegde het zweet van haar voorhoofd. 'Ik zit echt niet op een standje van je te wachten. Het is hier chaos. En ik wilde je niet ongerust maken.'

'Ongerust maken?' brieste Sam door de telefoon. 'Jezus, ik ben je man. Ik wil toch weten wat er met je gebeurt. Jij vertelde alleen maar over de zon, het strand en dat soort shit. Maar je vond het niet nodig te vertellen dat je gevaar liep?'

'Gevaar? Ik? Doe normaal, Lizzy is vermist. Niet ik.' Maggie dreef weg in de warmte en ze opende haar deur voor frisse lucht. 'Dat stalken stelt niets voor.'

'Wel als het door je gevaarlijke ex gebeurt. Die Frank

van jou is een seriemoordenaar en jij bent zijn volgende target. Ik wil niet dat je daar nog een minuut langer blijft. Je moet nú terug naar huis komen.'

Maggie had Sam nog nooit zo boos gehoord. 'Je bent echt aan het doorslaan. Frank heeft helemaal niets gedaan. En ik blijf gewoon hier.'

'Niets gedaan? Maggie doe niet zo vreselijk naïef.'

Maggie reageerde niet en ze bestudeerde een groepje oude mannen op het dorpsplein. Ondanks de warmte waren ze gepassioneerd in gesprek. Een man zwaaide ter ondersteuning van zijn mening af en toe met zijn stok in de lucht.

'Maggie? Ben je er nog?' Sams stem klonk iets rustiger. 'Als jij niet thuiskomt, kom ik naar jou.'

'Kom je hierheen? Nu?' vroeg ze zo verbaasd dat het onaardig klonk. Maar als ze eerlijk was, zat ze niet echt op hem te wachten. Dit was haar eiland, haar wereld. 'Dat is echt niet nodig, over drie dagen ben ik gewoon weer thuis. Floor heeft mij hier hard nodig. Nu zeker met dat gedoe rond Lizzy.'

'Dan kan ik toch mooi met alles helpen.'

'En de jongens dan?' deed Maggie nog een laatste poging om Sam te overtuigen thuis te blijven.

'Daar vind ik wel iets op. Als je moeder hoort wat er allemaal speelt, wil ze zeker oppassen.'

'Nee, niet mijn moeder,' zei Maggie resoluut. 'Die is te kwetsbaar. Ik wil niet dat je haar alles vertelt. Ze zou zich letterlijk doodschrikken.'

‘*Whatever*. Ik los het wel op. Ik bel je nog.’

‘Oké schat, liefs aan de jongens,’ en nog voordat ze kon vragen hoe het met de tweeling was, had Sam al opgehangen. Ze wilde hem terugbellen maar zag dat het Ibiziaanse nummer haar weer probeerde te bereiken. Misschien de politie? Of het ziekenhuis?

‘Hola.’

‘Mag? Frank hier. Is er al iets over Lizzy bekend?’

De warmte van zijn stem maakte haar meteen rustiger. ‘Nee, we zijn nog druk op zoek. Niets nieuws helaas. En Keld?’

‘De operatie is geslaagd. Ze hebben zijn milt verwijderd, zijn wonden gehecht en een gebroken schouder gezet. Hij ligt nu nog in een kunstmatige coma. Om bij te komen. Maar het ziet er redelijk gunstig uit.’

‘Wat een opluchting.’ Maggie zag Floor de kerk uitkomen. ‘Ik moet weer verder. Houd je mij op de hoogte?’

‘Tuurlijk. Ik bel je morgen.’

Hoofdstuk 22

Frank schonk een beker koffie in en gooide brokken hondenvoer in Max' bak. De hond keek hem tevreden aan en stortte zich op zijn ontbijt. Normaal zou Frank na hun ochtendwandeling hetzelfde doen en genieten van Maria's baksels, maar niet vandaag. Het was te warm. Het leek alsof hij een half uur lang in een sauna had gelopen. Hij had alle luiken dichtgehouden en zat binnen in de keuken bij te komen.

De buitendeur ging open en Maria stapte met een mand vol vers brood de keuken in.

'Wat zit u hier in het donker,' zei ze verbaasd en ze knipte het grote licht aan.

'De warmte heeft het definitief van mij gewonnen,' zei Frank. Hij ging onderuit zitten en pufte overdreven luidruchtig. 'Ik sluit mij bij jou aan en schuil ook achter de luiken.'

Maria's mondhoeken krulden omhoog. Het was haar subtiele manier om te laten zien dat ze zijn grappen leuk vond. 'Kom, dan zal ik het hierbinnen wat gezelliger maken.'

Ze liep naar haar kleine radio in de vensterbank en draaide de volumeknop open. Een vrolijke rumba vulde de ruimte. 'Heeft u al enig idee wie het op u heeft gemunt?'

'Maria, wat kan ik je directheid toch waarderen,' zei Frank grinnikend. 'Ik dacht dat je het juist gezellig wilde maken.'

Maria ging onverstoorbaar verder: 'Ik lag vannacht in mijn bed en dacht aan die arme meneer Keld. Misschien hebben dezelfde mensen het ook op hem gemunt. Dat zou logisch zijn met uw gezamenlijke verleden.'

'Bedankt dat je zo meedenkt,' zei Frank en hij dronk zijn beker leeg. 'Maar hoezo op Keld gemunt? Het was gewoon een motorongeluk. Geen kwade opzet. En ik denk toch echt niet dat iemand van vroeger ons nu opeens dwars wil zitten.'

Maria haalde haar schouders op. 'Misschien niet. Maar wraak kan een verwoestende emotie zijn.'

Frank wilde vragen wie dan volgens haar wraak koesterde, maar Maria draaide het volume van de radio ineens omhoog.

'De storm zal over drie uur de westkust van het eiland bereiken. Aangezien dan nog meer regen zal gaan vallen dan gisteren werd verwacht, is nu alarmcode rood afgegeven. Dat betekent dat iedereen wordt aangeraden rond het middaguur thuis te blijven en alleen in absolute noodsituaties de weg op te gaan. Alle veerdiensten met Formentera zijn voor de gehele dag geannuleerd.'

Maria schudde haar hoofd. 'Dit klinkt niet goed. Ik ga de losse spullen van het terras halen.'

Frank stond op en hij liep naar de deur. 'Javier komt zo. Hij kan je helpen. Ik moet nog even weg.'

'Gaat u *nu* nog weg?'

Hoewel hij Maria geen verantwoording schuldig was, legde hij toch uit dat hij Keld nog even wilde bezoeken. Dat hij daarvoor eerst bij Maggie en Floor langs wilde gaan, vertelde hij maar niet. Maria zou het hem toch maar afraden.

Buiten was het nog helemaal windstil, maar de zon was niet meer te zien. Grijze wolken hingen al laag boven de zee. En het was zo vochtig warm dat ademen hem zwaar viel. Hij startte zijn scooter en reed via de gewone weg naar het huis van Floor. Een route die hij al heel lang niet meer had genomen. Het was nog vroeg, maar hij schatte in dat Maggie toch ook wel wakker was, als ze al had geslapen.

Zelf had hij in ieder geval een onrustige nacht gehad. Het beeld van de levenloze Keld die door de broeders uit de boom werd getakeld, bleef hem maar achtervolgen. Hoewel hij wel een goed gevoel had over zijn kansen op herstel. Maar als hij heel eerlijk was tegen zichzelf, was het vooral Maggie geweest waar hij aan had gedacht. Alle vragen die hij jarenlang had weggedrukt, kwamen plotseling boven. En om vijf uur 's ochtends had hij met zichzelf afgesproken dat hij, voordat ze terug naar Nederland ging, eindelijk alle antwoorden van haar wilde hebben.

Frank draaide de weg op van Floors huis en voelde een raar soort zenuwachtigheid boven komen drijven. Alsof hij voor het eerst weer het veld van Barça opliep, met tienduizenden gillende fans om zich heen. Alleen was het, zo 's ochtends vroeg, juist heel stil en hoorde hij alleen het zachte geronk van zijn eigen scooter.

Hij parkeerde bij de ingang van Floors hek en liep het pad op. Alle blauwe luiken van het witte huisje waren nog dicht en ineens twijfelde hij of hij er wel goed aan had gedaan te komen. Misschien was de zoektocht naar Lizzy gisteravond wel heel laat geworden, of erger nog, hadden ze haar ergens vermoord aangetroffen. Ter plekke besloot hij toch maar eerst naar Keld te rijden en Maggie pas later te bellen.

Frank liep al terug naar het hek toen hij zijn naam hoorde roepen. In de hoek van de tuin zat Maggie onder een amandelboom in het gras. Ze had een blauw jurkje aan en had haar haar opgestoken. Zelfs 's ochtends vroeg was ze zo ontzettend mooi.

'Wat fijn dat je even langskomt.' Ze wenkte hem naast haar te komen zitten. 'Was jij ook zo vroeg wakker?'

'Het voelt alsof ik überhaupt niet heb geslapen.'

Onhandig strekte hij zijn stijve been voor zich uit en zakte met behulp van zijn stok naar beneden.

Ze keek naar zijn been. 'Heb je last van je prothese?'

Zijn keel kneep ineens samen. Nog nooit hadden ze het samen over zijn handicap gehad. Hij moest slikken voordat hij kon antwoorden. 'Het blijft onhandig. Elke dag. Maar de pijn valt mee.'

Ze legde beide handen op zijn ijzeren onderbeen. 'Het spijt mij zo vreselijk, Frank. Ik heb alles voor je verwoest. Ik weet niet wat... ik vind het echt zo verschrikkelijk voor je.'

En met die drie zinnen leken ineens jaren van verdriet te vervagen. Hij voelde zijn ogen prikken. 'Dank je wel.'

'Nee, jij moet mij niet bedanken,' reageerde Maggie stellig. 'Ik schaam me dood.'

'Je had hetzelfde voor mij gedaan.' Hij pakte nu haar smalle vingers vast. 'Als ik bewusteloos in het water had gedreven, was je ook gesprongen.'

Floor schudde woest haar hoofd. 'Nee, dat had ik niet gedaan. Zeker weten van niet. Ik was zo asociaal toen. Altijd maar met mezelf bezig. Ik wilde die paddenstoelen proberen, wilde per se in het maanlicht van die rots afspringen. Jij vond het helemaal geen goed idee, waarschuwde mij voor ondiep water, maar ik deed alleen maar wat ik zelf wilde.'

'We waren jong, we zochten allebei spanning,' stamelde Frank sussend. Jarenlang had hij willen horen dat het haar speet, maar nu ze het uitsprak, kon hij het eigenlijk niet verdragen. Zij moest niet alle schuld op zich nemen. ‘Ik had ook gedronken, en ik had je tegen moeten houden.’

‘Dat deed je ook,’ verzekerde Maggie hem. ‘Maar ik luisterde gewoon niet. En door mij had je ineens niets meer. Je kon geen bal meer raken. Je hele toekomst werd plots verwoest. Ik kan mij zo goed voorstellen dat je mij haat.’

Frank voelde zijn mond van verbazing open zakken. ‘Wat zeg je? Denk je echt dat ik je daarom haat?’

Maggie knikte. ‘En ik begrijp dat ook zo goed.’

‘Jezus Mag, nee daar ging het helemaal niet om,’ zei Frank en hij haalde zijn handen door zijn krullen. ‘Ja, ik was kapot omdat ik nooit meer zou kunnen voetballen. Barça was mijn grote droom en die was in één keer kapot. Maar ik ging pas echt helemaal stuk toen jij mij verliet. Toen je me niet alleen mijn carrière maar ook mijn gezin afnam. *Jij* was mijn toekomst, niet het voetbal.’

Nu was het Maggies beurt om te verstijven van verbazing. ‘Maar ik dacht dat jij me niet meer wilde. Ik schaamde me zo voor alles, ik kon me niet voorstellen dat je echt nog van mij kon houden.’

Frank voelde een diepe frustratie opkomen en sloeg met zijn stok in het gras. ‘Maar Mag, dat zei ik toch de hele tijd tegen je? Toen je uit de kliniek stapte, stond ik toch ook voor je klaar? Ik hield echt van je. Echt zielsveel.’

‘Dat moet je niet zeggen.’

‘Waarom niet?’ vroeg Frank. ‘Weet je trouwens nog wat Maggie betekent?’

'Ja natuurlijk, parel. Ik was papa's parel.'

'En weet je toevallig ook hoe mijn haciënda heet?'

'Can Perla toch?' zei ze en tegelijkertijd begreep ze ineens wat de naam betekende. 'Nee, heb je dat echt gedaan? Voor mij?'

'Ja, ik hield echt van je.'

Maggie hield beide handen over haar oren en ze kneep haar ogen stijf dicht. 'Hou op. Dat kan niet. Ik was een egoïstische heks. Ik heb je zo verneukt, ik... je weet niet half wat ik heb gedaan.'

Frank wilde haar omarmen, haar troosten, zeggen dat het goed zou komen maar op dat moment werd met een enorme knal een luik opengegooid.

'Jij lul, hoe durf je hier te komen?'

Floor klom uit het raam en sprong de tuin in. Ze rende direct op Frank af en gaf hem een harde pets in zijn gezicht. 'Waar is mijn dochter?'

Franks wang brandde vreselijk maar hij had zijn evenwicht kunnen bewaren en hield met zijn handen Floor op afstand. 'Rustig, rustig, ik heb Liz niet.'

Maggie sprong op en probeerde Floor tot bedaren te brengen. 'Frank heeft niets gedaan. Ik vind het vreselijk dat Lizzy is verdwenen, echt maar...'

'Fuck off Maggie, hou je kop!' gilde Floor. 'Je weet niet waar je het over hebt.'

'Ik denk het wel,' zei Maggie rustig en ze ging tussen Frank en Floor in staan.

Floor stampte met haar voeten op de grond. 'Oh ja?

Weet je dan dat onder de dode lichamen tuintjes waren aangelegd, met mooie bloemen? Precies zoals een tuinman het zou doen. Beetje typisch toch? Dat Frank bij elke moordplek is gezien? En dat hij met alle meisjes heeft geneukt?'

'Floor, hou op!' riep Maggie nu terug. 'Het is allemaal onzin.'

'Nee!' Floor duwde woedend tegen Maggies schouder aan. 'Hij heeft Liz. Begrijp dat dan toch.'

Maggie deed een stap naar achter. 'Hoe weet je dat nou zo zeker?'

'Het is goed Mag,' zei Frank met een opvallend kalme stem. Met zijn stok drukte hij zich moeizaam omhoog. 'Ik kan Floor wel begrijpen. Ik zou ook gek worden als mijn dochter zou verdwijnen.'

'Klootzak. Ze *is* je dochter!!'

'Wat?' schreeuwde Maggie nu ook. 'Jouw dochter?'

Frank pakte Maggie bij haar arm en hij wilde uitleggen hoe het zat met Lizzy, maar Solo kwam gillend het huis uitrennen. 'Jij gore eikel! Blijf van haar af.'

Frank liet meteen los, maar Solo nam een sprong en trapte hem vol in zijn buik. Door de onverwachte kracht viel Frank twee meter naar achter. In zijn val greep hij naar een stoel en zijn arm knakte dubbel. Een stekende pijn in zijn elleboog herinnerde hem meteen aan de breuken na zijn sprong in de ondiepe zee.

Hij slaakte een kreet en probeerde snel op te krabbelen, maar Solo kwam opnieuw op hem af. Nu sprong hij met twee benen tegelijk op zijn ijzeren onderbeen en Frank voelde de prothese losschieten. Hij greep naar zijn stok en wilde Solo een enorme klap tegen zijn schenen geven, toen hij Maggie hoorde gillen. 'Nee! Kappen!'

Beiden hielden ze even in en Solo keek hem verwilderd aan. Frank voelde zijn slapen kloppen en zijn harte bonkte in zijn keel. En nog voordat hij kon beslissen om verder te vechten, hoorde hij sirenes aan komen rijden.

'Ik heb gebeld. Ze komen je halen,' zei Solo met een hese stem en zijn ogen spogen vuur. 'En nu voorgoed.'

Hoofdstuk 23

'Ik ga het wel even vragen,' zei Floor en ze schoof haar stoel naar achter. 'Sara weet dat soort dingen altijd wel.'

Floor liep naar de bar en Maggie keek uitgebreid het café rond. Een paar dorpsbewoners zaten net als zij ook nog aan hun koffie, maar verder waren de toeristen vandaag niet gekomen. Die hadden de alarmfase waarschijnlijk serieus genomen en waren in hun hotels gebleven.

Maggie checkte haar mobiel en zag dat ze geen gemiste oproepen had. Ook geen berichten van Sam. Eigenlijk zou ze hem moeten bellen, maar ze kon het nu niet opbrengen. Niet na wat er vanochtend allemaal was gebeurd. Ze kon zelf nauwelijks bevatten wat er was gezegd. En al helemaal niet waarom Frank nou weer was opgepakt. De plotselinge agressiviteit van Solo had haar verlamd en ze had naar de arrestatie staan kijken alsof ze naar een politieserie keek. Op neutrale afstand observerend en zich afvragend wie nou de dader was.

Ze zuchtte diep. Elke cel in haar lichaam schreeuwde dat Frank het niet had gedaan. Ze voelde zich weer zo verbonden met hem. Het kon niet waar zijn dat hij deze meisjes had vermoord. Alleen dat Lizzy zijn dochter was, kon ze eerst ook niet geloven, maar Floor had haar net wel overtuigend aan het twijfelen gebracht.

'De grot is volgens haar gewoon open,' zei Floor en ze schoof weer aan tafel. Ze zag er rustiger uit dan vanochtend. Haar ogen stonden minder angstig en de gespannen trekken in haar gezicht leken zachter. 'We kunnen met de auto bijna naar de top van de berg rijden. En dan hoeven we nog maar een klein stukje naar de grot te lopen.'

'Nou, dan gaan we toch zo,' zei Maggie en ze pakte Floors hand. 'Ik vind het echt bijzonder om te doen.'

Floor glimlachte en de frons tussen haar ogen verdween. 'Fijn. Het helpt misschien niet, maar kwaad kan het ook zeer zeker niet.'

'Precies. En de godin Tanit heeft al duizenden jaren vrouwen geholpen. Waarom dan niet Lizzy?'

Floors ogen vulden zich met tranen. 'Oh Mag, ik hoop toch zo dat ze haar vandaag vinden.'

Levend vinden, wilde Maggie toevoegen maar ze zag aan Floor dat ze beter nu niet de dingen te direct moest benoemen. 'Als moeder kan ik zo goed begrijpen hoe ellendig je je moet voelen. Echt, lieverd het is vreselijk. Maar daarom vind ik het toch ook zo onwaarschijnlijk dat Frank de dader zou zijn. Want als hij inderdaad de vader van Liz zou zijn, dan…'

'Hij *is* de vader,' zei Floor met een zweem van irritatie in haar stem. 'Ik vertelde je toch net, hoe Frank en ik een paar maanden troost bij elkaar hebben gezocht nadat jij van het eiland vertrok. Dat hadden we nooit moeten doen. We waren totaal bedwelmd door drugs, dat dan weer wel. Na een forse ruzie zijn we vervolgens uit elkaar gegaan en kort daarna bleek ik zwanger.'

'Maar weet je wat ik niet kan begrijpen,' zei Maggie en ze was even stil, want ze wilde haar vriendin niet verklappen waarom ze zo twijfelde aan dit verhaal. Ze moest het dus heel voorzichtig formuleren. 'Waarom heeft hij Liz dan niet gewoon als zijn dochter geaccepteerd? Zoals ík hem ken, neemt hij altijd zijn verantwoordelijkheid.'

'*Really*, ben je echt zo dom?' Floor werd ineens weer ontzettend fel. Als het over Frank ging, verdween meteen al haar redelijkheid. 'Hij was woedend op mij en heeft Liz altijd genegeerd. Nooit heeft hij zich ook maar een seconde als een vader gedragen. Hij had nul aandacht voor haar en heeft nooit een cent overgemaakt. Gelukkig heeft Solo wel zijn verantwoordelijkheid opgepakt. De lieverd.'

'Ja, dat heeft hij inderdaad heel goed gedaan,' reageerde Maggie zo neutraal mogelijk. Het onderwerp was duidelijk te gevoelig om op dit moment rustig met Floor te kunnen bespreken. Er speelde ook te veel.

Eerst moest Lizzy gevonden worden. 'Is Solo nu op het bureau?'

Floor knikte en pakte haar mobiel. 'Hij appte net dat Franks verhoor weer was begonnen.'

Franks naam deed Maggies buik ineenkrimpen. Het beeld dat hij opnieuw in zijn eentje op het bureau zat, maakte haar misselijk. Ze had gezworen hem te zullen helpen en had weer niets gedaan. Ze walgde van haar eigen lafheid. Misschien kon ze nu Floor wel helpen. Daar moest ze zich dan ook maar op focussen. 'Zullen we op pad gaan? Voordat het serieus gaat waaien.'

'Ja graag,' zei Floor en haar stem klonk opgelucht. 'Alles beter dan nutteloos thuis zitten wachten op een telefoontje.'

Ze liepen het café uit en een koude windvlaag sloeg in hun gezicht. Maggie moest haar sjaal vasthouden om hem niet te verliezen.

'Zo die knalt erin,' zei Maggie en ze stond schuin tegen de wind in. Maar Floor leek het nauwelijks te merken en liep snel naar de auto.

'Zal ik rijden?' vroeg Maggie en ze bestudeerde het veranderde gezicht van Floor. Ineens had haar vriendin weer een soort masker op van gespannen rimpels en een lege blik. 'Wijs jij dan de weg?'

Maar Floor zei niets en ze knikte alleen maar. Die wisselende emoties waren vreemd. Het ene moment gedroeg Floor zich lief en vertrouwd en kort daarna kwam dan weer die koude afstandelijkheid. Maar goed, geen enkele moeder zou zich in deze situatie normaal gedragen. Als een van haar jongens zou verdwijnen, zou ze waarschijnlijk zelf ook totaal doordraaien. Als je het zo bekeek, gedroeg Floor zich nog best gewoon.

De wind sneed door haar dunne zomerjurk en Maggie schoof snel achter het stuur. De grijze wolken hingen laag over de straat. Ze moest de lampen van de auto aandoen om nog iets te kunnen zien. 'Best heftig al.'

'Die storm bedoel je? Even horen wat ze erover zeggen,' zei Floor en ze draaide Radio Ibiza aan. In hoog tempo Spaans werd de laatste stand van zaken doorgegeven. Maggie kon het niet volgen maar begreep wel dat het niet meeviel.

'Waren er nou boten in de haven losgeslagen?' vroeg ze terwijl ze de motor startte. 'En zeiden ze nog iets over de regen?'

Floor legde haar vinger op haar mond en ze draaide de radio nog iets harder. Nu hoorde Maggie dat er een noodtoestand was afgekondigd.

'Is het wel verstandig om te gaan?' vroeg Maggie en ze draaide de parkeerhaven uit. 'We kunnen ook wachten tot alles is overgewaaid.'

Floor schudde haar hoofd. 'Nee, we gaan! Ze zeiden net op de radio dat het hoogtepunt van de storm pas over een paar uur komt. Tegen die tijd zijn we allang weer terug.'

'Precies, een kaarsje aansteken lukt altijd.' Maggie

deed haar best om enthousiast te klinken. 'Ik ben zo benieuwd.'

Ze volgde Floors aanwijzingen en via kleine binnenwegen reden ze na tien minuten San Vicent binnen. Een koude rilling gleed over Maggies rug. Hier had ze met Frank in de fontein staan dansen. Het was hun eerste avond samen geweest. Na een afterparty in de haven, waren ze met een taxi naar dit meest oostelijke puntje van het eiland gereden. Ze hadden arm in arm op het strand geslapen en Frank had haar wakker gemaakt met een bak citroensorbetijs. Hij onthield toen al precies wat ze lekker vond.

De hoofdstraat was nu volkomen verlaten: de luiken zaten potdicht en de terrassen waren leeggehaald. Het gaf het kustplaatsje iets onheilspellends. Windvlagen bliezen het zand van het strand de straten in en ze moesten zigzaggend langs de metershoge zandbergen rijden.

'We kunnen altijd nog terug,' probeerde Maggie voorzichtig.

'Onzin,' zei Floor streng. 'Het is nu nog maar vijf minuten rijden. Je moet hier rechts.'

Maggie draaide de auto de hoek om en de smalle weg ging ineens steil omhoog. Alleen in een hele lage versnelling kwam de kleine Fiat de berg op. De scherpe haarspeldbochten maakten de route nog ingewikkelder.

'Oh kijk, nu kun je mooi de schuimkoppen op zee

zien,' zei Floor die naar beneden wees. Maar Maggie durfde het dal niet in te kijken en concentreerde zich op de weg. 'Ik kijk straks boven wel.'

Plotseling schoten drie geiten de weg op en Maggie trapte vol op de rem. De auto slipte over het grind en raakte net een geit aan die piepend over de vangrail wegsprong. Een jonge herder kwam met zijn stok hoog in de lucht geheven recht op hen afgerend. Zijn hond holde luid blaffend achter hem aan.

'Fuck,' riep Floor, 'doorrijden.'

'Ben je gek?' zei Maggie en ze stapte snel uit.

Verontschuldigend liep ze op de jongen af. De volledig in jeans geklede herder reageerde in razendsnel Spaans. Verwoed zwaaide hij met zijn stok in de wind. Zijn hond snuffelde inmiddels rustig aan Maggies benen.

'Wat wil die jongen?' gilde Floor uit de auto.

Maggie negeerde haar vriendin en ze probeerde met een paar woorden Engels contact te maken met de herder. 'Sorry. Ik zag het dier niet.'

Even keek de jongen haar verbaasd aan en toen begon hij in perfect Engels uit te leggen dat ze zich nergens zorgen over hoefde te maken. 'Met die geit is niets aan de hand. Die sprong ruim op tijd weg. Maar ik probeerde je uit te leggen dat je echt niet verder moet rijden. Er komt een grote storm aan.'

'Dank je, dat weet ik ja,' zei Maggie en ze aaide de hond. 'Maar ik begreep dat het nog wel even kan duren voordat het hoogtepunt het eiland bereikt.'

'Nou, kijk zelf maar,' zei de herder en hij wees met zijn stok naar zee.

Maggie draaide zich om en zag een pikzwarte lucht op nog geen kilometer voor de kust liggen. Zelfs vanaf deze afstand zag ze dikke regenschermen boven zee hangen. 'Shit, dat ziet er dreigend uit.'

'Precies, dat bedoel ik,' zei de jonge vent. Hij had verrassend blauwe ogen en een scherpe blik. Dit was geen domme jongen. 'En als het zo hard gaat regenen, is het op de berg onveilig. Het is deze zomer zo ontzettend droog geweest. Met al die liters water tegelijk krijg je aardverschuivingen. Een soort zandlawines. Die kunnen echt gevaarlijk zijn.'

'Wat wil die gast? We moeten gaan,' riep Floor hangend uit het raam.

Maggie draaide zich naar haar toe. 'Deze jongen zegt dat als het gaat regenen, het boven gevaarlijk wordt.'

'Jezus, dat geloof je toch zelf niet. Wat weet dit knulletje er nou van?'

Intuïtief begreep ze dat deze herder volkomen gelijk had, maar ze wist tegelijkertijd ook dat ze nu niet met Floor in discussie moest gaan. Ze wilde er voor haar vriendin zijn en zich niet weer laf terugtrekken. 'Bedankt voor je tip. We gaan alleen even heel snel naar de grot van Tanit. Een klein offer brengen.'

'Dat zul je nodig hebben,' zei de herder en hoofdschuddend liep hij achter zijn geiten aan verder naar beneden.

Maggie rende terug naar de auto.

'We hebben echt haast,' zei ze hijgend toen ze weer instapte.

Floor draaide haar raam dicht. 'Nou, wat zat je dan te treuzelen? Kom op, hunnie, gas!'

Hoofdstuk 24

'Ik moet bellen,' riep Frank tegen een dichte deur. Hij was weer in dezelfde kamer gestopt, maar nu zonder stoel of tafel en hij liep ijsberend rond. De pijn in zijn arm was misselijkmakend. De provisorische mitella die de politiehulpverlener had omgehangen hielp iets, maar het was duidelijk dat hij gips nodig had.

'Godverdomme, ik heb recht op een telefoontje,' riep hij nog harder en hij sloeg met zijn goede hand tegen de deur. De knal galmde door de kleine ruimte. Het zweet stond op zijn rug. Misschien door de spanning, door de pijn of omdat het gewoon fucking warm was, maar het zweet brak hem aan alle kanten uit. En hij had ontzettende dorst. 'Eikels laat mij alsjeblieft een telefoontje plegen.'

De deur vloog open en ineens stond Sanchoz weer voor zijn neus. 'Man, man, man, wat maakt meneer zich weer druk. Wat is er in godsnaam allemaal aan de hand?'

Frank ademde diep om tot rust te komen en zei toen

zo kalm mogelijk. 'Kunnen we even gaan zitten? Ik heb ongelofelijke pijn en ik heb iets te vertellen.'

Sanchoz keek over zijn schouder de gang in en wenkte naar een collega. De man kwam met twee stoelen binnen, schoot angstig langs Frank en verdween meteen weer naar buiten.

Dat mensen nu zichtbaar bang voor hem waren, voelde ellendig. Frank zuchtte opnieuw en ging zitten. Voorzichtig legde hij zijn gebroken arm op zijn bovenbeen. 'Jullie moeten mij laten bellen. Zo snel mogelijk.'

Sanchoz ging wijdbeens zitten en hij leunde op zijn ellebogen. 'Wij moeten helemaal niets.'

Het liefst gaf hij deze droogkloot een dreun in zijn gezicht maar dat zou hem nog verder van zijn doel brengen, dus slikte Frank zijn boosheid weg en zei rustig. 'Volgens de wet heb ik recht op een telefoontje.'

'Ja, klopt. Om je advocaat te bellen zeker?' vroeg Sanchoz en zonder op een antwoord te wachten, ging hij verder. 'Maak je geen zorgen. Die hebben wij al voor je geregeld. Hij is hier over een half uur. Als de storm het toelaat tenminste.'

'Ik heb geen advocaat nodig. Ik heb niets gedaan,' zei Frank en hij bleef zo beheerst mogelijk praten. 'Ik wil alleen bellen.'

'Voor een dokter?' vulde Sanchoz weer zelf in. 'Denk je echt dat die tijd heeft jouw zielige armpje te bekijken? Het eiland wordt belaagd. De wind heeft al drie doden veroorzaakt en dan moet de regen nog komen.

Maar goed, denk niet dat jou dat iets uitmaakt. Een paar mensen meer of minder interesseert je natuurlijk geen reet.'

'Daar heb je *natuurlijk* volkomen gelijk in,' zei Frank sarcastisch. 'Maar ook psychopaten hebben recht op een telefoontje.'

Sanchoz vouwde zijn handen in een driehoek en keek hem peinzend aan. 'Daar zou ik maar niet te veel op rekenen.'

Frank besefte dat hij dit vragenspel niet ging winnen en besloot open kaart te spelen. 'Ik moet bellen om iemand te waarschuwen. Ze is serieus in gevaar.'

'Vertel,' gebood Sanchoz en hij boog zich iets naar voren. 'Je hebt mijn onverdeelde aandacht.'

'Ik moet Maggie Smit bellen. En zo snel mogelijk.'

'En? Wie is zij dan wel niet en waarom moet je haar per se bellen?'

Frank voelde een zwelling in zijn arm opkomen, maar probeerde zich te concentreren op het gesprek. Hij ging natuurlijk niet alles vertellen aan deze gast en moest nauwgezet zijn woorden kiezen. 'Maggie is een oude vriendin. Ze wordt bedreigd door een stalker. Al een paar dagen. En nu heeft de seriemoordenaar haar op het oog.'

'Wat een gelul!' riep Sanchoz ongekend fel en hij fronste zijn wenkbrauwen. 'Je praat over jezelf neem ik aan?'

'Denk je nou werkelijk dat ik mezelf hier zit te verraden?' probeerde Frank kalm te formuleren. 'Nee, deze vrouw is echt in groot gevaar. Zij staat nu op alle affiches in de stad!'

'Bedoel je die *death*posters?' vroeg Sanchoz vol ongeloof. 'Hangen er vandaag dan alweer nieuwe?'

'Ja,' zuchtte Frank. 'Dat zeg ik toch. Overal zie je Maggie hangen. Ik moet haar waarschuwen!'

Plotseling vloog de deur open en Messie stormde naar binnen. 'Jij klootzak. Denk je nou werkelijk dat we je jouw volgende slachtoffer laten bellen? Wat ben je toch een engerd!'

Messie wilde Frank belagen, maar Sanchoz stapte voor zijn collega en hield hem met beide handen tegen.

'Juan, ga terug naar de kamer hiernaast,' hoorde Frank Sanchoz in zijn oor fluisteren. 'We hadden afgesproken dat ik dit zou doen.'

Messie keek hem woedend aan, maar droop toch weer af. Hij gooide de deur met kracht achter zich dicht.

Sanchoz ging zitten en vervolgde het gesprek alsof er niets was gebeurd. 'En hoe weet jij dan dat deze posters nu overal hangen?'

'Waarom is *dat* nou ineens belangrijk?' zei Frank en uit frustratie knarste hij met zijn tanden. 'Ze is in gevaar. Daar gaat het nu om. Elke seconde telt. Misschien heeft hij haar al gepakt!'

Sanchoz sloeg zijn benen over elkaar. 'Wij bepalen

wat belangrijk is. Dus vertel, hoe weet jij dit zo zeker?'

Frank liet moedeloos zijn hoofd hangen. 'Oké dan. Ik zat in het politiebusje, keek uit het raam en zag de posters overal hangen. Bij het pompstation, op een billboard, op een blinde muur. Maggie was ineens door de hele stad te zien. Natuurlijk probeerde ik toen, ondanks mijn handboeien, haar met mijn mobiel te bereiken. En toen...'

'Ja, en toen pakten wij hem af,' maakte Sanchoz zijn zin af. 'Ik hoorde al van de agenten dat je vanuit de bus wilde bellen.'

'Dus? Mag ik nu nog een keer proberen haar te bereiken?' vroeg Frank en hij begon zijn ongeduld te verliezen. De kloppende pijn in zijn arm hielp er niet bij. 'Nu? Meteen?'

Sanchoz glimlachte spottend en hij schudde zijn hoofd. 'Ibiza is wel Spanje, maar we zijn hier niet achterlijk. Natuurlijk kan dat bellen niet.'

Frank balde zijn vuist en zijn ademhaling versnelde. Rustig blijven, sprak hij zichzelf in gedachten toe. Nu ging het erom. Hij moest niet op hun provocerende houding ingaan, want dan was alles verloren. En heel langzaam zei hij: 'Kun jij haar dan misschien zelf bellen? En vragen of ze hierheen komt? Hier is ze veilig, althans, dat hoop ik.'

De blik in de ogen van Sanchoz werd ineens zachter. 'Misschien. Waar vind ik haar nummer?'

De spanning zakte uit Franks schouders. 'In mijn

mobiel. Die hebben jullie ingenomen, weet je nog? Ik heb geen wachtwoord. Ze staat onder Mag.'

'Oké,' zei Sanchoz en hij stond op. 'Ik zal kijken wat ik voor je kan doen.'

Voordat hij de deur uitliep, draaide hij zich nog een keer om. 'En misschien wat tegen de pijn? Paracetamol?'

Frank knikte. 'Heel graag, dank je wel.'

De deur viel nauwelijks hoorbaar in het slot en Frank sloot zijn ogen. Misschien was straks het ergste voorbij.

Hoofdstuk 25

Maggie draaide de lege parkeerplaats op. Met een snelle ruk aan haar stuur, kon ze nog net op tijd een vallende tak omzeilen. 'Jezus, de storm begint al aardig los te barsten.'

'Ja, dat gaat nu wel snel. Zal ik hem even wegleggen?' bood Floor aan en ze stapte direct de auto uit. Al bij de kleine opening van de deur, blies de wind meteen alle losse papiertjes door de auto heen.

'Windkracht tien, schat ik in,' riep Maggie Floor na. 'Moet ik helpen?'

Floor schudde haar hoofd en ze gebaarde dat het makkelijk ging.

Maggie pakte haar tas. Ondertussen keek ze of Floor toch geen hulp nodig had. Maar de tak was inderdaad gemakkelijk te verschuiven. Snel checkte Maggie nog even haar mobiel. Geen bericht van Sam, maar wel een gemiste oproep van haar moeder en, shit, ook een van Frank. Hoe kon dat nou? Hoe had hij haar nu kunnen bellen? Onmiddellijk probeerde ze hem terug te bellen. Fuck, geen bereik.

En nog voordat ze een bericht kon sturen, tikte Floor op de motorkap en wees waar ze het beste kon parkeren. Precies tussen twee rotsblokken door draaide Maggie een klein plekje in.

'Strak geparkeerd zeg,' zei Floor toen ze de deur voor Maggie openhield. 'Kom, doe de sleutel maar in mijn tas. Snel, dan redden we het nog net.'

Achter elkaar liepen ze over het smalle wandelpad naar de grot. Kleine takjes waaiden in haar gezicht en Maggie schermde met haar handen haar ogen af.

'Dit is niet leuk meer,' riep ze naar Floor die voorovergebogen tegen de wind in voor haar liep.

'Nog even,' schreeuwde Floor over de razende windvlagen heen.

En net nadat ze nog een bocht hadden gemaakt, wees Floor naar een kleine onbeduidende ingang in een rotswand. 'We zijn er.'

'Weet je zeker dat het hier is?' vroeg Maggie en ze hoorde zelf de teleurstelling in haar stem.

'Wacht maar tot je binnen bent,' zei Floor en ze liep naar de ingang. 'Zal ik eerst gaan?'

Voordat Maggie kon antwoorden, dook Floor al op handen en voeten en kroop het gat in.

'Oh, wat heb ik hier weinig zin in,' klaagde Maggie hardop tegen zichzelf, maar ze liep wel achter Floor aan. Op het moment dat ze zelf door haar knieën zakte, gleden de eerste regendruppels in haar nek.

'Ook dat nog,' mopperde ze en ze wrong zich met tegenzin door de entree heen.

Even moest ze wennen aan de duisternis, maar een klein lampje in de hoek van de grot gaf net genoeg verlichting.

'Oh, wat schitterend,' riep ze spontaan uit. 'Echt heel mooi.'

Midden in de rotskamer stond op een grote steen een klein vruchtbaarheidsbeeldje. De godin was behangen met kettingen, slingers en haarbanden. In een kring om haar heen lagen nog meer vrouwelijke accessoires. Plukken haar, ringetjes, gedroogde bloemen, sjaaltjes en overal stonden heel veel kaarsjes. De meeste waren opgebrand maar een paar lieten nog flikkerende vlammetjes zien.

Floor stond er triomfantelijk naast. 'Ik zei toch dat het bijzonder was.'

'Dat zei je ja,' beaamde Maggie en ze liep langs de rotswand. Nu pas zag ze de duizenden kleine briefjes die overal in gaten en gleuven waren gestoken. 'Oh, kijk, net de Klaagmuur.'

Ze pakte er een papiertje uit en probeerde het in het schijnsel van het licht te lezen. Maar de Spaanse woorden waren te vervaagd om wijs uit te kunnen worden.

'Vrouwen komen hier al heel lang naartoe,' legde Floor uit en ze kwam naast haar staan. 'De meesten hopen op een kindje. Die offeren hier kleine dingen. In de hoop dat ze dankzij Tanit zwanger worden.'

Maggie voelde een steek in haar hart. Ze miste de tweeling ineens zo sterk.

'Ach lieve Floor, ik heb zo met je te doen.' Ze sloeg een arm om haar vriendin heen. 'Je gaat echt door een horrorscenario heen.'

Floor knikte en ze keken samen zwijgend naar de godin. Buiten was het inmiddels serieus gaan plenzen en straaltjes water sijpelden de grot in.

'Sorry Floor,' onderbrak Maggie de stilte. 'Maar ik denk dat we een beetje moeten opschieten.'

'Dat vrees ik ook,' zei Floor en ze pakte twee kaarsen uit haar tas. Een roze gaf ze aan Maggie, de paarse hield ze voor zichzelf. Met lucifers probeerde ze de lonten aan te krijgen, maar zelfs in de beschutte grot was een sterke tocht voelbaar. Haar handen trilden. Bij iedere poging waaide de vlam opnieuw uit.

'Godverdomme,' vloekte Floor ineens weer heel ongeduldig. Gehaast streek ze nog een lucifer af die in tweeën brak. 'Dit gaat nooit lukken.'

'Laat mij maar even,' stelde Maggie voor. Ze maakte van haar ene hand een kommetje en met haar andere stak ze de kaarsen aan. De vlammetjes beschermde ze met haar gekromde hand en samen zetten ze de kaarsen naast het beeldje.

'Laten we in stilte bidden,' zei Floor met een onverwacht lage stem. Ze pakte Maggies hand en zei heel traag: 'Dat mijn lieve Lizzy maar weer veilig thuis mag komen.'

Het viel Maggie op hoe klam Floors trillende handen waren. Ze maakte zich duidelijk zenuwachtiger dan ze wilde laten blijken.

'Het komt goed, schat,' fluisterde Maggie en ze gaf Floor een kus op haar wang. 'In deze magische ruimte voel ik het zo sterk. Echt waar, alles komt goed.'

Hoofdstuk 26

Het geluid van de openklikkende deur maakte Frank weer klaarwakker. Hij was tijdens het wachten af en toe in slaap gesukkeld. De stekende pijn in zijn arm was ineens weer overheersend aanwezig. De deur bleef op een kier staan, maar hij kon de stemmen op de gang uitstekend verstaan.

'Dit kan niet. En dat weten jullie ook!' klonk een zware stem over de gang. De man sprak Engels met een zeer bekakt accent. Frank kon de vent niet zien maar hij herkende zijn stem meteen. Tim. Hoe was het mogelijk? Zou Vonstern hem hierheen hebben gestuurd? 'Mijn cliënt in dergelijke erbarmelijke omstandigheden opsluiten is tegen alle wetten van het strafrecht in. Het is in één woord schandalig. En ik zweer u, hier is het laatste woord nog niet over gezegd.'

Sanchoz mompelde iets terug wat Frank niet verstond. Maar een vrouwelijke stem was duidelijker hoorbaar. 'U heeft volkomen gelijk. We hadden u ook eerder moeten bellen. Maar de heer De Wit weigerde de naam van zijn advocaat te noemen.'

Dit was Gomez, de vrouwelijke rechercheur. Haar stem klonk helder en redelijk, net als twee dagen geleden. 'Maar ik zal u nu meteen toegang geven tot uw cliënt.'

De zware deur ging verder open en Tim stapte, gekleed in een strak pak en met keurig gekamde haren, de kamer in. Een schril contrast met zijn tuinbroek op de veranda. Tegen Gomez op de gang riep hij: 'En doe die microfoons uit. Ik moet mijn cliënt in totale privacy kunnen spreken.'

Frank stond op. 'Jezus, Tim wat ben ik blij jou te zien.'

'En wat heb je ons laten schrikken,' zei Tim toen hij voor hem stond. Zijn stem was oprecht bezorgd en hij klopte hem op zijn goede schouder. 'Hoe is het met je?'

'Nu jij er bent, een stuk beter,' zei Frank en hij zuchtte diep. 'Ik ben echt in een totale puinhoop beland.'

'Dat is nogal zacht uitgedrukt.' Tim schoof zijn stoel dichterbij en ging zitten. 'Maar vertel, wat is er allemaal gebeurd? En graag ook alle details. Daarna bepalen we wel wat belangrijk is.'

Frank legde in sneltreinvaart uit wat er de laatste dagen was gebeurd. Hij vertelde over de posters, Keld, Maggie, de berichten op haar mobiel, de verdachtmakingen van Floor en de actie van Solo.

'Zo, dat is nogal wat. Je bent druk geweest sinds ik je

voor het laatst heb gezien,' reageerde Tim droog. 'En je arm?'

'Vrees dat die gebroken is. Hij doet vreselijke pijn. Ik heb net een megadosis paracetamol gekregen. Het gaat nu wel.'

'Mooi. Dan kunnen we beginnen,' zei Tim tevreden en hij streek over zijn gladgeschoren kin.

'Nog even...' onderbrak Frank hem. 'Hoe wist je eigenlijk dat ik hier zat?'

Een brede grijns trok over Tims gezicht. 'Nou, dat was niet zo moeilijk. Ik geloof dat ik binnen tien minuten door wel vier mensen ben gebeld. Eerst Javier, die verzekerde dat je er niets mee te maken had. Hij vertelde over Max die was verdwenen en dat jij dus juist zelf werd bedreigd. Ik had nog niet opgelegd of Maria belde om te zeggen dat ik de enige advocaat op het eiland was die ze vertrouwde. En dat ik je MOEST helpen. En terwijl ik mijn spullen bij elkaar verzamelde, belden de voetballende broers Fernandez. Die hadden inmiddels gehoord dat ik jou zou verdedigen. Ze riepen wel tien keer dat je volkomen onschuldig was.'

'Hoe wisten de broers dat ik hier zat? Ik heb niemand kunnen bellen.'

'Geen idee.' Tim haalde zijn schouders op. 'Maar dit is een eiland. Nieuws reist hier razendsnel!'

Een diep gevoel van dankbaarheid viel als een deken over Frank heen. 'Dat is best bijzonder.'

Tim knikte. 'Ze hebben ook allemaal de politie gebeld. Om je vrij te pleiten. Je zou toch denken dat ze met deze storm wel iets anders aan hun hoofd hadden.'

'Hoe is het buiten?'

'Het valt niet mee,' zei Tim en hij pakte een notitieblokje uit zijn binnenzak. 'Voor het eerst hebben ze de correcte alarmfase aangegeven.'

Frank verschoof op zijn stoel. Hij moest nu niet hier zijn. Misschien was zijn haciënda in gevaar. Of erger nog, Maggie. 'Sorry, ik ben wat ongeduldig maar ik wil hier zo snel mogelijk weg. Zullen we aan de slag gaan?'

'Dat lijkt mij uitstekend,' zei Tim en hij begon te schrijven. Zonder op te kijken, praatte hij verder. 'Ik heb je dossier gezien. En echt, ze hebben helemaal niets. Alleen wat Rudolph over je broek heeft gezegd, is enigszins belastend. Je weet wel, over die vlekken. Dat telefoontje was sowieso erg ongemakkelijk. Rudolph was er volkomen door verrast. Hij wilde je natuurlijk nergens van beschuldigen. Het is allemaal verkeerd geïnterpreteerd. Maar gelukkig maakt die verklaring niet veel uit. Bovendien, ik heb nog niet eens een tenlastelegging gezien. Geen idee waar ze je nu eigenlijk van beschuldigen.'

'Ik ook niet. Ze hebben het wel over de moorden, maar ze hebben nog niet één keer gezegd waarom ik het nou gedaan zou hebben.'

Tim schudde zijn hoofd. 'Het blijkt ook nergens uit. Dit rechtssysteem is klote. Een telefoontje van een invloedrijke figuur en je bent meteen de zak. Of juist niet. Maar goed, ik ga nu meteen voor je aan de slag en zal eerst checken waarom ze je nou eigenlijk hebben opgepakt.'

'Ja graag,' zei Frank en hij wees op zijn mitella. 'En kun je nog een keer vragen of er een dokter kan komen kijken? Het begint nu fors te kloppen.'

'Prima,' zei Tim en hij stond op. 'Ik zal deze slapende bende op het bureau lekker aan het werk zetten.'

'Sorry, maar nog een vraagje,' zei Frank gehaast. 'Heb je toevallig nog gehoord of ze Mag al hebben bereikt? Om haar te waarschuwen? Dat had ik ze gevraagd.'

'Nee, nog niets over gehoord,' zei Tim en hij klopte op de deur. 'Daar ga ik nu meteen naar informeren en dan regel ik zo snel mogelijk een dokter voor je. Daarna zien we wel weer verder.'

Frank wreef over zijn trekkende litteken. 'Wat een gezeik allemaal.'

'Het komt goed,' zei Tim en hij sloeg hem bemoedigend op zijn knie. 'Echt, binnen *no time* zit je gewoon weer naast Max op de bank. Met je arm in het gips, dat dan weer wel.'

Hoofdstuk 27

'We moeten echt gaan,' zei Maggie en ze tikte Floor zachtjes op haar schouder. 'Kom schat.'

Floor reageerde niet en ze staarde strak in de vlam van de kaars. Het water stond nu enkelhoog en de regen stroomde naar binnen. De loeiende wind buiten maakte de grot binnen heel naargeestig.

'Floor, ik wil *nu* weg.'

'Ik niet,' zei Floor met een monotone stem en ze bleef voor zich uit kijken. 'We doen nu eens een keer niet wat jij wilt.'

'Nou sorry hoor, Floor, maar ik wil gewoon naar huis,' zei Maggie en ze pakte Floor bij haar arm. 'Kom. Het wordt buiten steeds heftiger. We moeten hier snel weg. Straks gaat de storm echt tekeer.'

Floor rukte zich los. 'Nee, ik blijf hier.'

'Kom op, Floor doe niet zo raar. We gaan.'

'Nee,' zei Floor en ze draaide zich in één keer om. Haar blik was gejaagd. 'We blijven hier.'

'Wat is er nou aan de hand?' Maggie staarde Floor

verbaasd aan. 'Wat doe je ineens raar. Hoezo wil je nu niet weg?'

'Het is beter om hier te blijven.'

Maggie voelde een diepe woede opkomen. Haar wangen werden gloeiend warm. 'Wat een onzin. Het is hier levensgevaarlijk.'

Floor schudde haar hoofd. De lijnen in haar gezicht waren gespannen en ze zag er ineens tien jaar ouder uit. 'Nee, weggaan is juist gevaarlijk. Hier kunnen we goed schuilen. Dat deden ze vroeger ook.'

'Wanneer? In de prehistorie?' Maggie kon haar boosheid niet langer onderdrukken en gilde tegen haar vriendin. 'Ja, tig duizend jaar geleden was schuilen in een grot wel de allerbeste optie. Maar toen hadden ze nog geen auto's om op tijd voor de storm thuis te zijn. Kom op, we gaan!'

'Jij kunt gaan.' Floors stem klonk heel traag. Alsof ze alle tijd van de wereld had. 'Ik blijf hier.'

Maggie rukte de tas uit Floors hand. 'Nee, ik laat je hier niet alleen achter. No way!'

Een diep geluid rommelde door de grot en in een reflex dook Maggie door haar knieën. Met haar handen beschermde ze haar hoofd. 'Fuck! Wat is dit nou weer?'

'Doe niet zo panisch.' Met een minachtend lachje keek Floor op haar neer. 'Dat waren alleen maar wat rollende stenen. Ben je daar nu ook al bang voor?'

'Ja, doodsbang,' schreeuwde Maggie terwijl ze opstond. ‘En dat zou jij ook moeten zijn. Door al dat water kan deze hele grot instorten.’

‘Dat lijkt mij sterk,’ zei Floor en ze pakte haar tas uit Maggies handen. ‘Ik blijf.’

‘Oké. Prima. Doe wat je niet laten kunt. Maar geef mij in ieder geval mijn sleutel,’ zei Maggie nu rustiger. Als haar vriendin liever in een stomme grot wilde achterblijven, moest ze het zelf weten. ‘Ik ben weg.’

Floor gaf haar de sleutel, maar keek haar spottend aan. ‘Succes.’

Maggie draaide zich woest om en dook vervolgens op handen en voeten door de grot. Al kruipend door het binnenstromende water bereikte ze de uitgang. En net voordat ze de buitenlucht weer kon zien, voelde ze ineens een enorme klap tegen haar achterhoofd en werd alles zwart.

Hoofdstuk 28

Frank beet op zijn lip om het niet uit te schreeuwen. De dokter hing boven hem en probeerde een spalk te spannen. Op het bureau was het onmogelijk gebleken gips aan te leggen maar een tijdelijke versteviging leek nu wel te lukken.

'Gaat het?' vroeg de kleine, behaarde Spanjaard. Het zweet droop langs zijn rood aangelopen gezicht naar beneden.

'Met mij wel,' zei Frank vriendelijk. Hij was oprecht blij met de komst van de man. 'Fijn dat u mij nog kon helpen.'

De arts knikte hem toe en liep met zijn koffertje de kamer uit. Met het opengaan van de deur, hoorde Frank verschillende luidruchtige stemmen op de gang. Maar hij kon niet onderscheiden wie wat tegen wie zei.

Zo graag had hij even meegeluisterd of beter nog, was hij met de dokter mee de gang opgelopen. Hij voelde zich net een gekooid dier. De muren kwamen van vier kanten op hem af. Veel meer dan de eerste keer. En

Tim was zeker al een half uur weg. Als ze Maggie maar hadden bereikt. De gedachte dat ze in de handen van die gek zou zijn gevallen, maakte hem krankzinnig.

'Godverdomme,' riep hij de lege ruimte in. Hij stond op en liep rondjes door de kamer. Het was niet te verdragen: dat zij gevaar liep terwijl hij hier opgesloten zat.

'Klootzakken,' gilde hij nog harder en hij schopte een stoel om. 'Laat mij eruit!'

Het bleef doodstil. Totaal verslagen zakte hij weer terug op zijn stoel en ademde zwaar. De vragen schoten door zijn hoofd. Wie was die moordenaar? Waar was Maggie? Was Lizzy al gevonden?

En net op het moment dat hij bijna uit frustratie de stoel tegen de muur wilde gooien, ging de deur opnieuw open en stapte Tim binnen. Zijn entree straalde veel minder zelfvertrouwen uit dan een uur geleden en hij ging met een sombere blik tegenover hem zitten.

'Vertel maar,' zei Frank meteen. 'Wat is het slechte nieuws?'

Tim leek niet te willen antwoorden en pakte eerst weer zijn blocnote.

'Kom op man, vertel,' drong Frank aan.

Tim zuchtte. 'Ze hebben nog een mobiel van je gevonden. Met alle sms'jes. Naar Maggie, maar ook naar die andere vrouwen.'

'Nog een mobiel?' riep Frank uit. 'Wat een onzin. Ik heb er maar één. En ik had de nummers van die meisjes niet eens.'

Tim haalde zijn handen door zijn haar en keek hem onderzoekend aan. 'Hij zat in je bagagebak op je scooter. Een Nokia. Prepaid. Met alle dreigsms'jes erin.'

'Onmogelijk,' schreeuwde Frank en hij stond weer op. 'Dat ding is echt niet van mij!'

'Er is nog iets,' zei Tim bijna verontschuldigend. 'Je schijnt in het eerste verhoor iets gezegd te hebben over bloemen bij de lijken?'

'Ja klopt, dat hoorde ik van die kantinemevrouw, shit hoe heet ze ook weer, die had het van een zwager gehoord die…'

Een diepe frons verscheen in Tims voorhoofd. 'Dat was daderinformatie, niemand kon het weten.'

'Jawel, die vrouw had het van haar zwager gehoord, een politieagent. Echt waar…' Frank verstomde. Hij hoorde zelf hoe schuldig hij klonk. En dat elke ontkenning het alleen maar erger maakte. Hij zonk weer terug in zijn stoel, zakte voorover en sloot zijn ogen. 'Ik ben verneukt!'

Tim zuchtte. 'En niet zo'n beetje ook vrees ik…'

Hoofdstuk 29

'Au, dat doet pijn,' riep Maggie en ze greep naar haar hoofd. Een kloppende wond op haar achterhoofd voelde nat aan. Was het bloed? Of regen? Langzaam opende ze haar ogen. Ze moest knipperen om haar beeld scherp te krijgen. Fuck, ze zat nog steeds in de grot.

'Daar ben je weer,' zei Floor tergend rustig. Ze zat in kleermakerszit tegenover Maggie. 'Je was echt even weg. Best zwaar om je dan te verplaatsen.'

'Wat is er gebeurd?' vroeg Maggie. Ze probeerde op te staan maar was te duizelig en viel terug op de natte vloer. 'Kunnen we gaan? Waar is mijn autosleutel?'

Floor schudde haar hoofd. 'Nee. We blijven hier.'

Maggie wilde meteen weer protesteren maar twijfelde. Er klopte iets niet. Floor was te kalm. Haar stem te traag en te lijzig.

'Zullen we ophouden met discussiëren?' vroeg Maggie voorzichtig. Haar spieren stonden op scherp, maar ze probeerde zo rustig mogelijk te praten. 'We denken hier duidelijk anders over, maar ik ga nu.'

'Nee!' riep Floor fel. 'Jij gaat nergens heen.'

'Zeker wel!' Maggie schoot omhoog, wankelde en viel opnieuw. 'Shit, mijn benen lijken wel van rubber.'

'Dat klopt,' zei Floor tevreden en ze hief een injectiespuit omhoog. 'Een lichte plaatselijke verdoving. Je komt voorlopig niet ver.'

'Verdomme Floor, wat is dit?'

'Rustig, rustig, alles op zijn tijd,' zei Floor beheerst en ze pakte haar tas. En alsof het de gewoonste zaak van de wereld was, pakte ze er nog een spuit uit. 'En dit is insuline.'

Zonder nog een seconde na te denken dook Maggie naar voren en probeerde de naald te pakken. Maar haar beenspieren steunden haar niet en ze viel meteen plat op haar gezicht in het water. Ze proestte, drukte zich op en probeerde op haar ellebogen naar Floor te kruipen. 'Kutwijf, geef hier.'

Maar Floor was veel sneller, pakte haar arm en prikte de naald erin. 'Eén beweging en ik druk de spuit volledig leeg. En dan, geloof me, gaat het heel snel...'

Maggies hart bonkte in haar keel. Floor leek in een soort psychose te zitten. Volkomen onbereikbaar. Het enige wat ze kon doen, was meegaan in haar gekte en hopen dat ze snel de kracht in haar beenspieren terugkreeg. 'Oké, ik doe niets meer. Echt. Laat me los.'

Floor trok de injectienaald uit haar arm en duwde Maggie terug tegen de rotswand aan.

'Zo, en nu ga je voor één keer in je leven eens uitgebreid naar mij luisteren.'

'Natuurlijk lieverd, we zijn toch vriendinnen,' zei Maggie en ze probeerde zo lief mogelijk te klinken. 'We kennen elkaar al zo lang. Ik begrijp dat de verdwijning van Lizzy je wanhopig maakt, maar ik kan je helpen. Echt!'

Floor lachte schril. 'Jij mij helpen? Wat een gelul! Je hebt mijn leven verwoest.'

'Ik? Hoe dan in godsnaam? We hebben elkaar jarenlang niet gezien.'

'En waarom was dat, denk je?' Floors stem was vlak. Emotieloos. Alsof ze een volslagen onbekende de weg wees. 'Ik had je best af en toe kunnen opzoeken. Ik was niet vaak in Nederland. Maar regelmatig genoeg om een vriendschap te onderhouden. Alleen ik vermeed je bewust. Ik had zeventien jaar geleden al gezworen dat ik je nooit meer wilde zien.'

Maggie staarde vol ongeloof naar Floor. 'Ik had daar geen idee van.'

'Nee, natuurlijk niet. Je bent altijd alleen maar met jezelf bezig. Je eigen gezin, jouw carrière. Het leven is niet groter dan je eigen kleine wereldje. Hoeveel nieuwe vrienden heb je eigenlijk gemaakt? Laat me raden. Geen enkele? Heb ik dat goed gegokt? Niemand is zo gek om tijd in je te investeren. Ze krijgen tenslotte nooit iets terug.'

Floors woorden waren gemeen en onterecht, maar ze

raakten Maggie niet. De verwijten leken over iemand anders te gaan. Bovendien voelde ze haar benen licht tintelen. De verdoving leek al minder te worden. Tijd winnen en Floor gewoon door laten praten, leek Maggie de beste optie. 'Voel je dat echt zo?'

'Voelen? Weten zul je bedoelen. Ik heb toch zelf ervaren hoe egoïstisch je bent.' Floors monotone zinnen kwamen nog maar net boven de wind uit, die nu als een dreunende beat langs de opening rolden. Floor ging onverstoorbaar verder. 'En toen ineens belde Sam dat hij een plannetje voor je had.'

'Ja, dat was lief van hem,' zei Maggie in een poging het gesprek van toon te veranderen.

'Lief? Je hebt geen idee,' zei Floor en ze speelde achteloos met de spuit. 'Je kunt andermans gevoelens helemaal niet inschatten. Net zoals je totaal niet doorhad hoe bezeten Frank van je was.'

Zijn naam stak als een mes in haar buik. Ze moest hieruit zien te komen, hem helpen. Zo achteloos mogelijk kneep ze in haar ijskoude bovenbeen. Gelukkig, het gevoel in haar benen kwam nu langzaam terug. Nog even volhouden. 'Hoezo bezeten?'

'Doe niet zo naïef, Mag. Dat past je niet. Je bent veel te uitgekookt. Eerst Franks carrière verwoesten door zo stom te zijn om van een rots te springen om hem vervolgens gewoon te laten verpieteren.'

'Daar schaam ik mij ook echt voor.'

'Schaamte? Hoe durf je!' verhief Floor ineens haar

stem. 'Frank was gebroken. Ik heb hem nog proberen te troosten. Echt, ik heb alles gedaan. Ben al die tijd zo lief voor hem geweest. Schonk hem zelfs een dochter. En nog kon hij alleen maar aan jou denken. Door jou heeft hij nooit van mij kunnen houden.'

Daar zat dus Floors pijn, ze had ook van Frank gehouden. Ongelofelijk. Zou ze daarom nu zo doorslaan? Ze moest hierdoorheen prikken. 'Ja, je arme dochter. We moeten Liz nu echt weer gaan zoeken. Je bent haar moeder. Ze heeft je nodig Floor. Kom.'

Floor begon onbedaarlijk te lachen. 'Jeetje Maggie, ben jij nou zo slim? Heb je nou nog steeds niet door hoe het zit? Lizzy is…'

Maar nog voordat Floor haar zin af kon maken, klonk er een enorme knal en met een snerpend geluid ontstond er een grote scheur in de rotswand. Stenen rolden kreunend naar beneden en Maggie kon net op tijd voor een gigantisch rotsblok wegduiken.

Hoofdstuk 30

Frank lag op zijn rug en staarde naar het plafond. Zeker vijf vliegen cirkelden rond de tl-buis. Twee waren er het afgelopen half uur al verbrand. Gek genoeg waren het juist deze stomme beestjes die zorgden dat hij niet totaal gestoord werd. Door zich op hun vliegbewegingen te concentreren, dacht hij even niet aan Mag, Liz of zijn eigen ellende.

Tim had hem nog begeleid naar zijn cel. Hij had hem beloofd dat hij zou blijven proberen om Maggie te bereiken. En dat hij zo snel mogelijk terug zou komen met het laatste nieuws over Keld, maar vooralsnog lag hij hier alleen. Een bed en een open wc in de hoek. Meer was het niet. Zelfs geen raam. Alleen door een klapperend, loszittend stuk van het dak, kon hij horen hoe erg de wind buiten tekeerging. Af en toe knipperde het licht. Het was duidelijk dat de stroomvoorziening ook werd verstoord.

Eén vraag bleef maar door zijn hoofd cirkelen. Wie had hem erin geluisd? Hij had iedereen in gedachten voorbij laten komen, maar kon niet bedenken welke eikel hem verdacht wilde maken. Het was zo laf om nepbewijs te plaatsen. En om hem schuldig te laten lijken door uitgelokte uitspraken. Iemand moest hem zo haten.

Hij volgde een vlieg die een uitstapje maakte naar de plee. Zeker vijf rondjes bleef hij boven de pot draaien voordat hij een duikvlucht het gat in maakte. Weer een minder.

Op de deur werd ruw gebonkt.

'Señor?' klonk Sanchoz' stem aan de andere kant van de ijzeren deur. Frank stond op en hij liep langzaam naar de deur. Zijn stok was ergens bij Floor achtergebleven. Niet dat hij hem miste, met zijn gebroken arm kon hij hem nu toch niet gebruiken. Licht bukkend keek hij door het viezige raampje in de deur. Hij zag Tims donkere pak verderop in de gang.

'Binnen,' riep hij maar, want hij had geen idee wat de bedoeling was.

Twee zware sloten werden omgedraaid en Sanchoz hield de deur voor Tim open.

'Je hebt recht op een gesprek met mij in een spreekkamertje, maar we kunnen ook gewoon hier blijven,' begon Tim meteen. Hij had duidelijk haast.

'Maakt niets uit. Hier is goed,' zei Frank en hij probeerde in Tims gezicht te lezen hoe de stand van zaken was. Zijn haren zaten totaal verwilderd en hij had een kras op zijn wang. 'Wat heb jij gedaan? Gevochten?'

Tim glimlachte. 'Ja, voor jouw vrijheid. Nee, het is de storm. Een minuut buiten en je bent volledig doorgeblazen.'

'Gek idee. Hier is het doodstil. Ga zitten,' bood Frank aan, alsof hij de gastheer van zijn cel was. 'Maggie?'

'Niets, sorry. Het lijkt wel alsof er überhaupt geen verbinding mogelijk is.'

'Misschien door de storm,' zei Frank tegen beter weten in en hij ging op het hoofdeinde van het bed zitten. 'Oké, kom maar op. Ik snak naar goed nieuws.'

Tim zakte ook op het bed en leunde tegen de muur. 'Misschien. Het hangt ervan af. Hoe goed is je technische motorkennis?'

'Dat is een makkelijke vraag. Precies nul komma nul. Ik kan mijn scooter starten. Dat is alles. Geen flauw idee hoe dat ding verder werkt.'

'Mooi,' zei Tim opgelucht. 'En dat kan ook iemand beamen?'

Frank schoot in de lach. 'Iedereen die mij kent. Maar waar gaat dit heen? Waarom wil je het weten?'

Tim graaide in zijn zak en haalde zijn opschrijfblok tevoorschijn. Hardop las hij zijn notities voor. 'Technisch onderzoek heeft uitgewezen dat het ongeluk door derden is veroorzaakt. Ten eerste waren er totaal geen remsporen op de weg. Ten tweede waren de kabels van de trommelremmen opzettelijk op één na gebroken. Bij een beetje extreem rijden, breekt die vervolgens volledig door en is remmen onmogelijk.'

'Gaat dit over Kelds ongeluk?'

Tim knikte. 'Het ziet ernaar uit dat iemand hem wilde uitschakelen.'

'Bizar!' riep Frank uit. 'Dat moet dus iemand gedaan hebben die wél weet hoe zo'n oud brik werkt.'

'Om precies te zijn, hoe een "Norton Commander 850 cc uit 1971" werkt,' las Tim zorgvuldig voor. 'Vrij bijzonder ding geloof ik.'

'Dat zal best,' ging Frank gehaast verder. 'Maar ik ken niemand die daar iets vanaf weet.'

'En die vriend van Floor dan? Ook zo'n oude dj, euh… shit, hoe heet die gast ook weer? Die rijdt toch ook op een klassieke motor? Een Harley geloof ik.'

'Bedoel je Solo?' vroeg Frank totaal verrast. 'Nee, dat lijkt mij sterk. Dat is zo'n week ei.'

'Weet je dat zeker?' vroeg Tim en hij wees naar zijn arm. 'Hij heeft je anders behoorlijk te pakken gehad.'

Frank wilde net toegeven dat het eigenlijk toch niet zo'n gekke gedachte was, toen de deur weer openvloog. In de deuropening stond Gomez. Kaarsrecht, alsof ze net in de houding was gesprongen. Ze keek met een onrustige blik de cel in, maar haar stem was opvallend bedaard.

'Meneer de advocaat,' zei ze overdreven deftig. 'Er is telefoon voor u uit het ziekenhuis.'

Tim sprong op. 'Dat zal over Keld gaan. Zijn dokter zei al dat hij aan het ontwaken was. Ik kom zo terug.'

Gomez wierp Frank nog net een minachtende blik

toe en liet de deur weer achter zich in het slot vallen. Totaal overdonderd ging Frank op zijn rug liggen en zag nog maar twee vliegen achter elkaar rond de lamp vliegen.

'Solo,' riep hij hardop tegen de beestjes. 'Al die tijd was het gewoon Solo.'

Hoofdstuk 31

'Mag, kom op, help me,' smeekte Floor. De tranen liepen over haar wangen. 'Je kunt mij hier toch niet laten liggen?'

'Oh, geen probleem, dat kan ik prima.'

Maggie keek op Floor neer. Een zwaar rotsblok was vijf minuten geleden op haar rechteronderbeen gevallen. Sindsdien kon Floor geen centimeter meer bewegen zonder zichzelf veel pijn te doen.

'Mag, we zijn al zo lang vriendinnen. Je bent fantastisch. Je bent sterk, je kunt mij helpen,' slijmde Floor erop los terwijl ze ondertussen probeerde het blok weg te duwen. 'Samen lukt het ons zeker!'

'Wat denk je nou zelf?' vroeg Maggie. 'Eerst dreig je mij te vermoorden en nog geen tien minuten later wil je door mij gered worden?'

'Nee, nee, dat is niet waar! Ik wilde je echt niet vermoorden. Er zit helemaal geen insuline in. Geloof me. Je moest gewoon een lesje leren.'

Maggie greep Floors schouders en schudde haar door

elkaar. 'Dit is waanzin. Je dochter is vermist en je gaat mij nog even uitleggen hoe egoïstisch ik ben geweest? Waarom? Waarom doe je van die gekke dingen?'

'Blijf van me af, stom wijf,' riep Floor opnieuw woedend. Haar gezicht stond in één keer weer hard en strak. 'Lizzy is helemaal niet verdwenen. Ze zit gewoon bij haar vriend in Barcelona. Ze was alleen thuis haar mobiel vergeten. Maar geen enkele agent heeft dat even gecheckt. Die rukkers gingen er gewoon meteen van uit dat zij ook was vermist.'

'Natuurlijk dachten ze dat. Ze stond op alle posters, en... Nee!' Geschokt liet Maggie Floor los. 'Nee, zeg dat het niet waar is. Zeg dat jij niet zelf Lizzy's posters hebt gemaakt. Zeg het! Verdomme, zeg het.'

Floor keek haar minachtend aan. 'Doe niet zo emotioneel. Met Liz is toch niets aan de hand?'

Maggie deed een stap achteruit. 'Jezus Floor, je bent haar moeder!'

Een grimas kroop over Floors gezicht. 'Doe niet zo schijnheilig. Wat weet jij van moederliefde? Jij hebt zelf je kind vermoord!'

En alsof haar longen ineens waren opgelost, hapte Maggie naar adem. Ze boog zich voorover en probeerde lucht in te zuigen, maar voelde zich alleen maar benauwder worden. Shit, weer een astma-aanval.

'Vierentwintig weken was ze al. En je hebt haar gewoon uit je buik laten zuigen. Ja, hoe weet ik dat hè? Dat lulverhaal over een miskraam. Ik heb je nooit geloofd. Even doorvragen en de kliniek bevestigde alles.'

Ineens schoot er weer zuurstof door haar lichaam en Maggie riep uit: 'Hou op, zo ging het niet.'

'Oh nee?' Floor leek bijna te genieten van Maggies ontreddering. 'Je had Frank al alles afgenomen en dan ook nog zijn kind! Wie is hier nou slecht Maggie? Zeg me, wie?'

'Dit is een mindfuck,' fluisterde Maggie tegen zichzelf. 'Ze speelt met je geest. Rustig blijven. Je ademt te hoog in je borst. Niet hyperventileren.'

'Wat zit je nou te fluisteren tegen jezelf,' praatte Floor door haar heen. 'Ben je gek aan het worden? Of zie je nu eindelijk zelf in wat voor eng wijf je bent?'

Maggie legde haar handen op haar oren en praatte te snel ademend verder. 'Ze draait de waarheid om. Het is onzin wat ze zegt. Niet luisteren.'

'Nee, het is geen onzin,' riep Floor. 'Jij en Frank zijn door en door slecht. Zeventien jaar lang heb ik gehoopt dat jullie dat zelf in zouden gaan zien. Of dat het leven jullie zou straffen voor wat jullie hadden gedaan. Niets van dat alles. Jullie kregen alleen maar meer succes. Maar jullie verdienden het niet gelukkig te zijn. Jullie moesten worden gestopt.'

Maggie voelde zich duizelig worden in haar hoofd en probeerde laag in haar buik te ademen. Ze bleef tegen zichzelf praten. Als een soort bezwering tegen het kwaad. 'Ik heb een gezin. Ik hou van Jelle en Jop. Ik ben moeder. Sam houdt van mij.'

'Sam?!' gilde Floor. 'Ha, denk je echt dat hij van je houdt? Als er een is die je niet kunt vertrouwen, dan is het wel je brave Sam. Ik zou hem maar eens vragen waarom hij per se wilde dat je naar Ibiza ging. Waarom hij juist nu...'

'Hou je bek,' zei Maggie. Ze had haar adem weer onder controle en liep naar de uitgang. 'Kappen met je leugens.'

'Nee Mag, laat mij niet hier achter,' smeekte Floor opnieuw. Haar stem klonk nu ineens weer kwetsbaar. 'Ik ben bang. Mag, de storm. Het is gevaarlijk.'

'Niet naar luisteren,' praatte Maggie tegen zichzelf en op handen en voeten plonsde ze door het water. Ze wrong zich door het gat en hoorde dat Floor haar bleef roepen. Maar Maggie kroop verder en concentreerde zich alleen op de weg naar buiten. Op het moment dat de wind om haar oren blies, verdween de stem van Floor naar de achtergrond.

Hoofdstuk 32

Frank liep slepend met zijn been achter Sanchoz aan. Dit keer gingen ze niet de kleine bespreekkamer in maar liepen door naar een grote, open ruimte. Een soort kantine zonder ramen, met wat verdwaalde tafels en stoelen. Achter in de hoek zat een man gebogen over zijn koffie. Ruwe haren, stoppeltjesbaard en niet zo groot.

'Komt die vent voor mij?' vroeg Frank. 'Ik heb hem nog nooit gezien.'

Sanchoz haalde zijn schouders op. 'Hij vroeg echt specifiek naar jou. Zei dat het heel erg belangrijk was.'

'En Maggie?'

Sanchoz keek hem met een meelevende blik aan. 'Nee, sorry nog niets.'

Terwijl Frank op de man afliep, viel het hem op dat Sanchoz bij de deur bleef staan. De houding van de agent was veel vriendelijker dan een uur geleden. Frank had sterk de indruk dat er iets aan de hand was.

Hij ging tegenover de man zitten en gaf hem een hand.

'Dag Frank,' zei de man en hij keek hem onderzoekend aan. 'Goed om je eens te ontmoeten.'

'Kennen we elkaar?' vroeg Frank en hij legde zijn arm met de mitella op tafel te rusten.

Een flauwe glimlach gleed over het bezorgde gezicht van de man. 'Ik ben Sam.'

Het duurde enkele seconden voordat Frank doorhad wat de man zei. 'Ben jij de echtgenoot van Maggie?'

'Ja, Frank. Ik ben het. Ik heb altijd veel over je gehoord,' zei Sam en hij speelde zenuwachtig met zijn koffiebekertje. 'Niets dan goeds natuurlijk.'

Het leek Frank niet waarschijnlijk dat Maggie ooit over hem had gesproken, laat staan dat zij iets positiefs had gezegd. Hij kon sowieso niet echt geloven dat deze Sam Mags echtgenoot was. Hij zag er best sympathiek uit, dus dat paste wel bij haar. Maar voor de rest leek hij nou niet echt een sprankelende persoonlijkheid. 'Ben je al lang op het eiland?'

'Nee, vanochtend aangekomen. Ik wilde Maggie verrassen. Alleen kon ik haar maar niet bereiken. En toen ik geland was, hoorde ik al snel dat ze vermist was...' Sam maakte zijn zin niet meteen af en hij keek naar het verfrommelde koffiebekertje in zijn handen. 'Frank, ik kan haar echt nergens vinden.'

Opvallend genoeg leek Sam hem nergens van te beschuldigen. Hij zat heel rustig en vol vertrouwen tegenover hem.

'Sorry, ik weet ook niet waar ze is. En misschien heb je het al gehoord, maar met haar verdwijning heb ik echt helemaal niets te maken. De hele arrestatie is een misverstand,' zei Frank voor de zekerheid en hij voelde zich meteen een eikel. Zat hij hier zichzelf vrij te pleiten terwijl deze man kapot was omdat zijn vrouw in gevaar was.

Sam zuchtte en zijn ogen werden waterig. 'Weet ik. De politie zei al dat je nergens meer van werd verdacht. Dat je vrij bent om naar huis te gaan.'

Totaal verrast staarde Frank Sam aan. Waarom wist hij dit nu zelf niet? Sanchoz had niets tegen hem gezegd. Eigenlijk wilde hij Sam vragen van wie hij dat had gehoord. En of ze Solo al hadden opgepakt? Maar hij moest deze arme vent niet met zijn eigen problemen opzadelen maar juist zijn steun aanbieden. 'Kan ik je misschien ergens mee helpen?'

Sam keek hem vertwijfeld aan. 'Ik weet het niet. Misschien is het niets…'

'Zeg maar, je weet nooit.'

'Nou, heel raar, maar vanochtend vroeg kreeg ik nog een berichtje van mijn meisje…'

Het noemen van het koosnaampje riep een raar soort jaloezie op, die Frank meteen wegdrukte. Het ging nu niet om hem. Mag moest gevonden worden. En zo snel mogelijk.

'Ja oké en wat schreef ze?' moedigde Frank Sam aan.

'Nou heel raar eigenlijk… ze had het erover dat ze naar Tanit ging. Maar ik ken helemaal niemand met die naam.'

Frank veerde op. 'Maar dat is ook geen persoon. Tanit is een godin.'

Sam keek hem vol ongeloof aan. 'Maar dat slaat toch nergens op?'

'Jawel, ik denk zelfs dat ik weet waar ze is,' riep Frank nu uit en hij struikelde bijna over zijn woorden. 'Er is een grot, in het noorden, vlak bij San Vicent. Die is gewijd aan die godin. Vrouwen komen daar al eeuwen. Voor haar hulp.'

Sam stond gehaast op. 'Ik ga kijken.'

'Heb je een auto?'

Sam knikte. 'Gehuurd. Kun je mee?'

Frank keek naar Sanchoz die zijn mobiel bestudeerde. 'Nee, vrees van niet. Moet nog op mijn advocaat wachten. Maar ga jij nu! Dan vertel ik het hier. Ze volgen je snel.'

Sam pakte zijn linkerhand. 'Dank je Frank, uit de grond van mijn hart...'

'Ga!' schreeuwde Frank nu bijna. 'Verdomme Sam, ga rijden!'

Sam rende weg en bij de deur botste hij bijna tegen Tim op die hem geïrriteerd nakeek. Daarna zwaaide Tim naar Frank en zei iets tegen Sanchoz. De agent knikte en liep meteen de gang op.

'Wie was die gast?' vroeg Tim toen hij bij Frank aan tafel kwam zitten.

'Dat was Sam, Maggies echtgenoot. We denken te weten waar ze zit. Je moet Sanchoz weer roepen.

Hebben ze Solo trouwens al gevonden?'

Tim schudde zijn hoofd. 'Nee, dat is alweer achterhaalde informatie.'

Franks hart pompte razendsnel en hij wilde opstaan. 'Maar Solo had het toch gedaan? Wie dan wel? Jezus, kom op we moeten gaan.'

'Rustig. En luister nou even. Een minuut. Anders loopt het mis,' gebood Tim en hij gebaarde dat Frank moest blijven zitten. 'Keld was inderdaad bijgekomen. Hij vertelde mij net in het ziekenhuis dat hij geruchten had gehoord dat Floor manisch-depressief was. Keld had haar ermee geconfronteerd, maar ze had woedend ontkend. Gisterochtend reed hij naar jou om het te bespreken, omdat jij haar ook goed had gekend. Maar het bleek veel heftiger. Ze heeft een dissociatieve identiteitsstoornis.'

'Een wat?' vroeg Frank ongeduldig. Dit verhaal duurde veel te lang. Hij wilde weg.

'Beter bekend als een meervoudige persoonlijkheidsstoornis. Waarschijnlijk ontstaan door veelvuldig drugsgebruik,' ging Tim kalm verder. 'Haar psychiater heeft net op het bureau verslag gedaan. In Spanje moeten hulpverleners ondanks hun zwijgplicht, bij een verdenking van een strafbaar feit toch melding doen. Floor was dit weekend haar aantekeningenboekje bij haar vergeten. Dat boekje stond vol met notities over hoe ze de moorden zou aanpakken.'

'Hè? Heeft Floor het gedaan?'

'Ja, ongelofelijk toch. Alles had ze tot in detail bedacht. Ze had zelfs opgeschreven hoe ze het beste die lichamen in een boom kon hangen. En welke doseringen insuline dodelijk waren. Die kreeg ze met een neprecept gewoon van de apotheek hier. Zelfs Kelds motormerk had ze bestudeerd.'

'Jezus, wat *creepy*. Waarom in godsnaam?'

'Een nogal vaag verhaal. Dat jij en Maggie geen geluk verdienden. En dat jij vals beschuldigd moest worden en Maggie moest voelen wat zij had gevoeld. Het ging niet eens om die meisjes, die waren meer een soort afleiding. Het ging vooral om jullie. Totaal onsamenhangend.'

Frank schoof ongemakkelijk op zijn stoel. Hij wist precies waar Floor op had gedoeld. 'En heeft ze dat allemaal alleen uitgevoerd?'

'Dat weet ik niet precies, dat zal wel in haar boekje staan. Maar volgens mij was er wel iemand die haar ideeën aandroeg.'

'En nu? Is Floor opgepakt?'

Tim schudde zijn hoofd. 'Ze kunnen haar niet vinden.'

'Fuck Tim. Dan heeft ze Maggie!!' riep Frank en nu stond hij wel op. 'Ze zitten bij de grot van Tanit. Lang verhaal, maar ik heb Sam er net heen gestuurd. Als we binnendoor rijden, halen we hem vast nog in.'

Hoofdstuk 33

Maggie stond aan de grond genageld, met haar rug tegen de rotswand gedrukt. Vlak voor haar was net een stuk aarde zeker twee meter omlaag gezakt. De regen stroomde in rivieren om haar heen en de bomen kraakten in de wind. Ze moest haar ogen dichtdoen om niet verblind te worden door het rondvliegende zand.

'Shit!Hoe kom ik hier weg?' riep ze tegen de storm in. Niet omdat ze een antwoord verwachtte, maar om ergens moed vandaan te halen. 'Kom op.'

Ze zette een stap, maar gleed meteen weg in een modderstroom. Nog net op tijd kon ze een boomstronk grijpen. Met moeite kon ze zichzelf weer omhoog trekken. Haar doorweekte jurk hing als een ijsdeken om haar heen. Ze rilde over haar hele lichaam.

'Kut!' schreeuwde ze nog harder.

Maar nu leek er wel een antwoord te komen. Heel zacht hoorde ze haar naam. Of was ze gek geworden?

Ze gilde het uit: 'Help! Ik ben hier. Help me!'

'Maggie?' klonk het nu harder. 'Waar ben je?'

'Wie is daar?' riep Maggie vol ongeloof. 'Sam?'

'Ja, schat. Ik ben hier,' antwoordde Sam al veel dichterbij.

Haar knieën knikten en ze kon nog maar net haar evenwicht bewaren. 'Oh Sam.'

Ineens voelde ze een stevige hand om haar arm en werd ze omhoog getrokken. Haar buik schuurde over de rotsen, maar het kon haar niets meer schelen. Sam was er. Ze was eindelijk veilig.

Op handen en voeten kroop ze over de rand in Sams armen. Snikkend leunde ze tegen zijn schouder. 'Oh Sam… zo blij… hoe wist je… hoezo…?'

Niets wat ze zei, klonk logisch maar het maakte niets meer uit. De nachtmerrie was voorbij.

'Rustig maar dear,' zei Sam troostend. 'Alles komt goed.'

Ze keek op en wilde zeggen dat hij net zo doorweekt was als zij, maar plots begon ze onbeheerst te klappertanden.

'Oh lieverd, je rilt helemaal van de kou,' zei Sam. 'Kom snel naar de auto.'

'Nee, dat kan niet,' zei ze trillend.

'Hoezo? Hij staat dichtbij.'

En hoewel ze liever wilde wegrennen en Floor voor altijd achter wilde laten, zei ze toch: 'We moeten Floor nog helpen.'

'Floor? Is ze hier?'

Maggie knikte en ze bleef bibberend dicht tegen hem

aan staan. 'Maar ze is volkomen gek geworden. Een psychose of zo. Ze heeft mij bedreigd. Heeft zelfs net gedaan alsof haar dochter Liz ook was verdwenen. Ik weet niet waarom, maar ze is totaal doorgedraaid.'

'Wat vreselijk,' zei Sam en hij keek nu echt bezorgd. 'Waar is ze? Kunnen we haar met zijn tweeën aan?'

Maggie wees naar beneden. 'Binnen in de grot. Ze heeft een rotsblok op haar been. Ze kan geen centimeter bewegen.'

Sam wilde al naar beneden lopen, toen meerdere sirenes boven de wind uit kwamen.

'De politie,' zei hij gejaagd. 'Frank zei al dat ze snel zouden komen.'

'Frank? Is hij hier? Is hij vrij?' vroeg ze stamelend en ze zag een zweem van jaloezie in Sams ogen. Ze schaamde zich meteen en zei neutraler: 'Dat hebben ze vlug gedaan.'

'Ze hadden duidelijk haast,' zei Sam afgemeten en hij maakte zich van haar los. 'Ik ga ze roepen.'

Sam deed een paar stappen omhoog.

'Hier. Bij de grot. We zijn hier,' gilde hij over de wind heen.

En binnen een paar seconden stormden vier agenten naar beneden. Maggie wees ze de ingang van de grot en legde uit dat Floor daar onder een rots klem zat. En dat ze totaal niet voor rede vatbaar was.

De mannen knikten en maakten direct aanstalten om de grot in te duiken.

'Moet ik helpen?' vroeg ze vertwijfeld, terwijl ze trilde over haar hele lichaam.

'Nee, jullie gaan naar de auto terug,' zei de langste agent streng, 'anders raakt u nog onderkoeld.'

Gesteund door Sam liep ze over het glibberige pad omhoog. Haar schoenen gleden af en toe weg en Sam moest zich met takken ondersteunen. Maar binnen een paar minuten stonden ze toch veilig boven. En daar, naast een politiejeep stond Frank.

Haar eerste reflex was om meteen naar hem toe te rennen, maar ze hield Sams arm stevig vast en zei rustig: 'Hee Frank, wat fijn. Je bent weer vrij.'

'Ah Mag daar ben je!' reageerde hij opgelucht en ze zag dat hij haar wilde omarmen, maar zich net op tijd inhield. 'Ben je oké? Jezus, je bent kletsnat.'

Sam gaf een kus op haar wang. 'Ja, Mag is doorweekt. Ze moet snel de auto in.'

En even stonden ze in een ongemakkelijke driehoek naar elkaar te kijken.

'En waar is Floor?' doorbrak Frank de pijnlijke stilte. 'Nog in de grot?'

Maggie voelde zich opgelucht dat ze over Floor kon vertellen en legde uit hoe erg haar vriendin was doorgedraaid en dat ze door haar was bedreigd.

'En het is nog ernstiger met haar gesteld,' reageerde Frank nu op een bijna zakelijke toon. 'Ze wordt verdacht van de twee moorden op de meisjes. Ze schijnt een zware stoornis te hebben, en...'

Maar Frank kon onmogelijk verder praten. Roepend kwamen de agenten de parkeerplaats weer oplopen. De twee voorste mannen droegen een bloedende Floor in hun armen.

Maggie voelde zich duizelig worden, leek geen lucht te krijgen en pakte onbewust Franks hand.

Hoofdstuk 34

'Dit ijle ochtendlicht is betoverend,' zei Frank tegen Maria die met een kop koffie kwam aanlopen. 'Kijk nou, hoe mooi. De natuur lijkt nu zo kwetsbaar.'

Maria knikte. 'En door de regen is alles ook zo opgefrist. Overal zie je kleine bloemen. Alsof alle zaadjes hebben gewacht om te mogen ontwaken.'

'Hoe poëtisch, Maria,' reageerde Frank verrast en hij nam de koffie aan. 'Dank je, heerlijk.'

Ze stonden naast elkaar op het terras en keken uit over het grote veld, waar Javier en Max samen aan het werk waren. Javier zaagde afgebroken takken in stukken en Max verzamelde met zichtbaar plezier het sprokkelhout dat verspreid lag over het pad.

'Lastig zeker om niet mee te kunnen opruimen,' zei ze en wees op zijn gipsen arm. 'Hebt u er nog last van?'

Frank glimlachte. 'Ja, ik vind het inderdaad heel irritant dat ik weinig kan doen, maar nu met het gips is de pijn gelukkig minder.'

Terwijl Frank leunend op de stok de trap afliep, reed

een politiejeep het pad op. De auto had moeite door de modder heen te komen en manoeuvreerde om de diepe plassen heen, maar reed uiteindelijk door tot aan de trap.

'Nee hè, wat komen die nou weer doen?' zuchtte Frank. 'Ik dacht dat alles voorbij was.'

'Ik loop alvast naar het huis,' zei Maria en ze wilde zich al omdraaien.

'Nee,' zei Frank. 'Dat is niet nodig hoor. Ik heb niets voor je te verbergen.'

Sanchoz en Messie stapten tegelijk uit en liepen snel naar de trap. Messie durfde Frank niet aan te kijken maar Sanchoz stak zijn hand uit. 'Señor De Wit. Bent u wat hersteld?'

'Het gaat een stuk beter, dank u. Wat kan ik voor u doen?'

'We komen niet voor u,' zei Messie gehaast en hij keek woedend naar Maria. 'Wel voor jou, señora Perez!'

Frank deed een stap naar voren. 'Jongens, wat is dit nu weer? Maria heeft nergens iets mee te maken. We weten nu toch wie het heeft gedaan?'

'Helaas. We zijn er nog niet helemaal,' zei Sanchoz en hij pakte Maria bij de arm. 'Maria Perez, ik arresteer je op verdenking van medeplichtigheid bij de moord op de twee meisjes.'

'Nee, dat kan niet,' riep Frank uit en hij sloeg met zijn stok op de grond. 'Nogmaals, Maria heeft er echt helemaal niets mee te maken!'

Maar Maria protesteerde zelf helemaal niet en liet gedwee de handboeien omdoen.

'Hee, laat haar los,' riep Javier nu ook, die kwam aanlopen. 'Ze heeft niets gedaan.'

'Helaas wel,' zei Sanchoz stellig en hij begeleidde Maria de trap af naar de auto.

'Maria, zeg dat het niet waar is,' zei Frank en hij keek haar indringend aan. 'Vertel ze dat je er niets mee te maken hebt.'

Maria bleef abrupt stilstaan en gebaarde naar de agenten dat ze iets wilde zeggen.

'Wat jij met Floor hebt gedaan is onmenselijk!' Ze keek Frank plotseling met zo veel onverholen haat aan, dat hij naar achter deinsde. 'Jij hebt haar leven verwoest. En het is onbegrijpelijk dat je je eigen kind zo hebt verwaarloosd. Dat mag niet ongestraft blijven.'

Frank voelde zijn hart kloppen en moest diep ademhalen om rustig te kunnen blijven. Javier was naast hem komen staan en keek hem nu ook vragend aan.

'Ik kan de vader niet zijn,' zei Frank zo beheerst mogelijk.

'Oh nee? Precies zestien jaar geleden waren jullie toch samen?' vroeg Maria zonder antwoord te verwachten. 'Je was voor haar de enige. Zij ging niet vreemd.'

Frank schudde zijn hoofd. 'Heeft ze jou dit wijsgemaakt?'

'Wijsgemaakt? Alsof ze hierover zou liegen,' riep Maria nu nog nijdiger. 'Ze is door jouw afwijzing een totaal wrak geworden. En die Maggie van jou, die trut, gaf haar nog even een extra zetje.'

'Maria, dit is echt de grootste onzin,' begon Frank, maar door haar blik vol afschuw besloot hij niet verder met haar in discussie te gaan. Het was nu niet het moment om uit te leggen dat hij zich direct na Maggies abortus had laten steriliseren. Dat hij de gedachte niet had aangekund om weer een kind aan die dodelijke ziekte te moeten verliezen. Dat vijftig procent kans op de ziekte van Huntington ondragelijk was: een Russische roulette. Dat hij het aftakelingsproces van zijn broer en vader had gezien. Dat hij daarom die vreselijke zenuwziekte nooit wilde doorgeven. Dat kon hij nu allemaal niet zeggen, ze zou het nooit geloven. Laat staan begrijpen. Daarom zei hij alleen maar. 'Je had het mij ook gewoon kunnen vragen.'

Maria spuugde voor zijn voeten in het zand en zonder nog verder iets te zeggen liet ze zich door de mannen in de auto duwen.

Sanchoz bedankte Frank voor zijn medewerking en wenste hem beterschap. En terwijl de auto vlug het terrein afreed, zakte Frank moedeloos op de trap. Javier ging naast hem zitten en aaide Max die aan hun voeten kwam liggen.

Hoofdstuk 35

Sam moest flink bijsturen om de tegemoetkomende politieauto te ontwijken.

'Zo, die heeft haast,' zei Sam ten overvloede.

Maggie knikte gedachteloos en staarde naar buiten. Ze had haar besluit goed overdacht en uitvoerig met Sam doorgesproken, maar toch voelde ze geen enkele opluchting. Eerder een diepe leegte. Natuurlijk weet je bij dit soort levensbeslissingen nooit of je het juiste doet. Ze had het dit keer bewust niet alleen rationeel benaderd, maar vooral ook proberen te voelen wat goed leek te zijn. Op zich was dat al een winst vergeleken met de manier waarop ze normaal gesproken met dit soort keuzes omging. Ibiza had dat echt met haar gedaan, dat ze weer meer vanuit haar hart durfde te handelen.

Ze legde haar hand op Sams arm. 'Ik vind het heel fijn dat we het op deze manier doen. Dank je wel.'

Sam keek haar met een flauw lachje aan. 'Fijn, maar moeilijk.'

Hij draaide aan de radio en zocht een klassieke zender. Eigenlijk had Maggie meer zin in het relaxte Ibiza Sonica, maar ze vond het belangrijker dat Sam zich op zijn gemak voelde en luisterde dus zonder commentaar mee naar een pianostuk van Satie.

Zwijgend reden ze het pad op, waarbij ze vele diepe plassen moesten ontwijken. Ze parkeerden de auto en liepen naar de haciënda. Maggie zocht de hand van Sam, maar hij ontweek haar toenadering en keek strak voor zich uit.

Om de hoek zat Frank op de trap voor het huis. Max sprong op en kwam kwispelend op haar afgerend.

'Hee braaf beest,' zei ze om maar iets te zeggen in deze ongemakkelijke situatie.

Met enige moeite stond Frank op. Hij zag er vermoeid uit en leek zelfs gehuild te hebben. Maar hij lachte vriendelijk en gaf Sam een hand. 'Komen jullie even dag zeggen? Wanneer vertrekken jullie?'

'Vanavond,' zei Sam. 'Maar ik wilde je nog even bedanken. Voor alles wat je voor ons, en vooral voor Mag hebt gedaan.'

'Dat waardeer ik oprecht,' zei Frank en hij klopte Sam op zijn schouder. 'Dat zal misschien niet makkelijk zijn om te zeggen. Gezien onze geschiedenis.'

Sam glimlachte wel maar Maggie zag dat hij het inderdaad niet makkelijk vond. 'Nou, goed, ik ga alvast terug naar de auto.'

Ze knikte hem toe. 'Is goed schat. Ik zie je zo.'

En terwijl Sam terugliep, draaide ze zich naar Frank.

'Ik zal je missen,' zei ze zo luchtig mogelijk, maar ze had nog nooit een zin gezegd die ze zo had gemeend.

Frank pakte haar kin en tilde hem een tikje omhoog. 'Lieve Mag, dank je. Ook jij. Voor alles. Nu kan ik dankbaarheid voelen voor wat we wel hebben gehad. Niet langer meer het verdriet voor wat we niet meer hebben.'

Maggie voelde tranen opkomen en moest slikken om verder te kunnen. 'Ja, het is goed zo. Wij zijn gelukkig in onze eigen werelden.'

Frank knikte en ze zag ook tranen in zijn ogen opwellen. 'En wie weet, misschien komen onze werelden elkaar weer eens tegen.'

'Ja, misschien komt Breakkies wel naar Ibiza.'

Hij lachte, boog zich voorover en kuste haar licht op haar mond. 'Vaarwel lieve Mag.'

Ze draaide zich resoluut om en liep zonder om te kijken zachtjes huilend terug naar de auto. Ze zwaaide naar Sam en fluisterde tegen zichzelf. 'Dag lieve Frank, ik hou van je.'

'Dank u wel,' zei ze tegen de taxichauffeur en ze nam de koffers van hem aan. 'Hoeveel krijgt u van mij?'

Maggie betaalde de man en trok haar bagage de vertrekhal in. Even bleef ze staan, terwijl ze de ruimte op zich in liet werken. Zeven dagen geleden was ze hier het gebouw uitgelopen met een koffer vol oude geheimen. Nu reisde ze veel lichter, maar voelde ze zich absoluut niet opgelucht. Flitsen van het eiland schoten door haar hoofd. Het felle ochtendlicht, de intens ruikende bloemen, de kristalheldere zee en de zoete churros. Ze zou het allemaal zo gaan missen. Hier kon ze leven zoals het leven bedoeld was. Vorige week kwam ze thuis op het eiland en nu moest ze alweer afscheid nemen. Ze ging haar geliefde plek verlaten en *deep down* voelde dat niet goed.

'Hee schat, ik heb ons al ingecheckt,' zei Sam en hij nam haar handbagage van haar over.

'Zo, dat heb je snel gedaan,' zei ze bijna verwijtend en ze probeerde vlug te glimlachen. Sam bedoelde het lief, maar op dit moment kon hij niets goed doen. Ze voelde dat het onterecht was, alleen kon ze nu niet redelijk zijn. Straks, in de lucht, zou alles wel weer normaal worden. Dan zou ze Ibiza achter zich kunnen laten. En zou ze Floors acties kunnen vergeten.

'Zullen we doorlopen naar *security*? We zijn al best laat,' zei Sam en hij liep stevig door.

Toen ze bij de veiligheidspoortjes kwamen, pakte Sam haar hand. 'Wat zullen de jongens blij zijn je te zien.'

Ze knikte, maar tegelijkertijd voelde ze vertwijfeling. Wat moest ze de jongens nou vertellen? Dat mama de meest vreselijke dingen had meegemaakt en op het nippertje een moordaanslag had overleefd, maar dat ze pas echt ongelukkig was geworden toen ze Ibiza verliet? Nee, dat kon ze hen niet verkopen. Dat kon ze zichzelf niet eens verkopen.

'Señora Maggie. Wacht,' klonk het galmend door de hal. Javier kwam aangerend met een grote doos in zijn handen.

'Gelukkig nog net op tijd,' hijgde hij en hij overhandigde de doos aan Maggie. 'Sinaasappels uit de tuin. Gezond. Voor je jongens.'

Maggie nam het cadeau aan, maar kon niets zeggen en keek Javier leeg aan.

'Ontzettend bedankt!' reageerde Sam wel adequaat. 'En dank ook Frank van ons.'

Als in slow motion gaven ze elkaar een hand en voor Maggie het wist, liep Javier de hal weer uit.

Ondertussen bleef Maggie staren naar de stempel op de doos, *Can Perla*. De parel. Hij had zijn haciënda naar haar vernoemd. En ineens viel alles op zijn plaats. Ze stond op het punt om niet alleen van haar geliefde eiland te vertrekken maar ook om haar echte liefde te verlaten. Waar was ze nou mee bezig? Had ze haar geluk eindelijk teruggevonden en dan ging ze weer weg. Hadden de gruwelijke gebeurtenissen haar dan niet een les geleerd? Namelijk dat je niet moet wachten met leven, maar meteen moet beginnen. En daar, midden in een onpersoonlijke vertrekhal nam ze de meest persoonlijke beslissing van haar leven.

Ze gaf de doos aan Sam. 'Neem jij het mee voor de jongens?'

Sam keek haar aan en het leek alsof ze een zweem van opluchting zag. 'Je gaat niet mee terug hè?'

Haar mond voelde droog en ze moest twee keer slikken voordat ze reageerde. 'Nee, lieverd, het spijt me maar ik kan het niet.'

Sam gooide zijn hoofd naar achter en zweeg.

Maggie sloeg een arm om hem heen. 'Het spijt mij echt. Ik hou van je, als van een...'

'Ja, als van een broer,' zei Sam feller en hij keek haar nu recht aan. 'Ik weet het. Ik heb de concurrentieslag met Frank eigenlijk nooit gewonnen. Je bent altijd van hem blijven houden. Weet je dat je soms zelfs in je slaap zijn naam hardop roept?'

Ze voelde haar wangen warm worden. 'Sorry, sorry, dat wist ik niet. Ik heb het echt geprobeerd. Ik heb jarenlang zo graag gewild dat ik van je kon houden, met heel mijn hart, maar...'

'Laat het, Maggie! Maak het nu niet erger dan het is,' zei Sam en hij zuchtte diep. 'Het is beter zo.'

En zonder haar de ruimte te geven nog iets terug te kunnen zeggen, draaide Sam zich om, bewoog zich snel door de poortjes en was binnen tien seconden uit het zicht verdwenen.

Maggie trok haar tas dicht tegen zich aan en de tranen stroomden over haar wangen. Maar tegelijkertijd voelde ze nu pas de verlichting die ze had gehoopt hier te vinden.

In gedachten zocht ze Franks hand en verstrengelde

haar vingers in de zijne. Zelfs op afstand verspreidde zijn warmte zich langzaam door haar hele lichaam.

Dankwoord

Ibiza is ontstaan dankzij de kennis, hulp en liefde van velen. Op het eiland hebben Robert (Don Ostra), Daan (Rockid Ibiza) en Frits mij veel geleerd. Ook mijn verschillende reisgenoten op Ibiza waren een grote steun. Vooral Emilie was een partner in crime.

Sander, Alexandra en de rest van het team bij Xander Uitgevers geloven gelukkig al enkele jaren in mijn boeken. Net als Willem van Sebes & Bisseling Literary Agency. En Hedi, zij zag het vanaf het begin.

Lieve allen, heel veel dank hiervoor.

Speciale dank verder voor mijn dierbare familie en vrienden die enthousiast blijven bij elk nieuw boek. En een high five voor mijn drie allerliefste jongens. Zonder jullie was het niet gelukt.